Le Strade Del Cuore

"The only impossible journey is the one you never begin."

– Tony Robbins

("L'unico viaggio impossibile è quello che non inizi mai.")

Indice

Premesse

Ci sono momenti nella vita in cui sentiamo che qualcosa non va, anche quando tutto sembra perfetto. È una sensazione sottile, un'inquietudine che cresce nel tempo, finché non possiamo più ignorarla. Questo libro nasce da quel tipo di momento, dal bisogno di uscire da una vita costruita su aspettative e consuetudini per scoprire chi siamo davvero.

Carolina è una donna come tante: intrappolata in una routine che non le appartiene, con sogni accantonati e una voce interiore che la chiama a inseguire la libertà. Il suo viaggio in un van, attraverso luoghi straordinari e incontri indimenticabili, è anche una metafora del percorso che tutti noi affrontiamo quando scegliamo di vivere una vita autentica.

Questa storia non è solo un racconto di chilometri percorsi, di confini attraversati e di sogni realizzati. È un inno al coraggio, alla resilienza, e alla capacità di trovare bellezza anche nei momenti più difficili. Carolina incontra persone e paesaggi che la cambiano, ma, soprattutto, scopre una verità universale: la strada verso la libertà non è mai lineare, ma ogni passo, anche il più incerto, ha un valore inestimabile.

Scrivere questo libro è stato per me un viaggio parallelo, fatto di riflessioni, scoperte e momenti di vulnerabilità. Spero che leggendo queste pagine, anche voi possiate trovare ispirazione per affrontare i vostri sogni, qualunque essi siano. Non importa quanto lontano sembri il traguardo: ciò che conta è avere il coraggio di iniziare.

Benvenuti nel viaggio di Carolina. Spero che troviate un pezzo di voi stessi lungo questa strada.

Buon viaggio e buona lettura.

La Gabbia Dorata

In apparenza, avevo tutto ciò che una persona dovrebbe desiderare: un lavoro stabile, un tetto sopra la testa e una routine ben definita. Ma dentro di me, sentivo solo un vuoto. Ogni mattina era una battaglia contro una sensazione soffocante, un peso invisibile che mi teneva incatenata a una vita che non avevo scelto.

Il suono della sveglia era come un pugno nello stomaco, più assordante giorno dopo giorno. Ore 07:00. Il ticchettio incessante dell'orologio scandiva un tempo che non sembrava appartenere a me. Mi trascinavo giù dal letto, con un senso di pesantezza nelle gambe e nel cuore. La casa era fredda, e non solo per l'inverno imminente. Le pareti, un tempo bianche e luminose, ora sembravano sbiadite, come rispecchiassero il mio stato d'animo.

Non era sempre stato così. Prima di trasferirmi in Olanda, la mia vita era radicata in una terra che conoscevo a memoria, la mia Italia. Una terra di colori vivaci, di cieli azzurri e profumo di caffè che ti accoglieva appena sveglia. Lasciare tutto era stato un salto nel vuoto, ma anche una scelta razionale: un lavoro sicuro, una carriera promettente. "L'Olanda ti darà stabilità," mi dicevano. Eppure, questa stabilità mi stava prosciugando.

L'Olanda è una terra di contrasti: prati verdi che si estendono a perdita d'occhio, cieli immensi che a volte sembrano pesare su di te, con le nuvole basse e dense che minacciano pioggia anche nelle giornate più luminose. I canali tagliano le città come vene pulsanti, riflettendo i colori delle case strette e inclinate. Eppure, c'è una freddezza difficile da ignorare, non solo nell'aria, ma anche nelle persone. I sorrisi sono cortesi, ma distanti; le conversazioni gentili, ma vuote. La mia anima mediterranea si sentiva fuori posto, come un raggio di sole intrappolato in una bottiglia di vetro opaco.

Ogni mattina iniziava con una routine che ormai conoscevo a memoria: mettere su l'acqua calda per preparare il tè, sperando che almeno quello potesse riscaldare non solo il mio corpo, ma anche qualcosa di più profondo, qualcosa che sembrava essersi congelato da troppo tempo. Mi arrotolai una ciocca di capelli tra le dita, quasi senza pensarci. "Come sono cresciuti", mi dissi. Ma quei lunghi capelli marroni non rappresentano altro che il tempo passato in una situazione di stallo, un tempo che sentivo di aver sprecato.

Proprio mentre portavo la tazza di tè alle labbra, puntuale come un orologio, il telefono vibrò sul tavolo. Guardai il display: "Mamma". Respirai profondamente e risposi.

"Ciao, mamma."

"Ciao, tesoro. Tutto bene? Come stai?" La sua voce aveva sempre quel tono caloroso, ma questa volta c'era qualcosa di diverso. Una sfumatura di preoccupazione che cercava di nascondere.

"Tutto bene, mamma," dissi automaticamente, senza crederci nemmeno io. "Sto per andare al lavoro."

"Mh," fece lei, esitante. "Non lo so, Carolina. Ti sento… distante, diversa. Sei sicura che tutto vada bene lì?"

Le sue parole mi colpirono come un sasso lanciato nell'acqua calma. "Sì, mamma, davvero. È solo la solita routine, niente di speciale."

"Lo so che non è facile stare lontana da casa," continuò. "Ma, amore, tu sei sempre stata forte. Se c'è qualcosa che non va, puoi dirmelo, sai? Non devi fare tutto da sola."

Non risposi subito. Il silenzio si allungò tra noi. "Grazie, mamma. È solo un periodo un po' così. Passerà." La rassicurai più per lei che per me stessa. Lei sospirò, forse intuendo che non le stavo dicendo tutto.

"Va bene, amore. Ma ricorda che io sono qui, sempre."

Chiusi la chiamata con un groppo in gola. Mia madre è sempre stata il mio porto sicuro, ma in quel momento non volevo che vedesse quanto la nave stesse affondando.

Fuori, l'aria era tagliente. Mi coprii con la sciarpa e mi incamminai verso il parco. Era una routine che avevo sviluppato nei mesi passati: fermarmi lì per qualche minuto prima di salire sull'autobus per l'ufficio. Una piccola oasi di calma, una pausa nel caos.

Le foglie colorate di rosso e marrone si staccavano dagli alberi con grazia, creando un tappeto sotto i miei piedi. L'aria era pungente, e il cielo sopra di me sembrava pesare, con le sue nuvole basse e dense. Mi avvicinai al ruscello, dove alcune papere sguazzavano placidamente. Presi un po' di pane dalla tasca – un'abitudine ormai consolidata – e iniziai a lanciarlo nell'acqua.

"Vorrei essere come quelle papere," pensai.
"Libera di volare via, ovunque io voglia." Era un
pensiero sciocco, ma per un istante sentii
un'insolita leggerezza. Era come se, in quel
momento, potessi davvero esprimere un desiderio
al genio della lampada, e poi lui lo avrebbe
esaudito con uno schiocco di dita.

Fu in quel momento che mi tornò in mente Maria.
La mia cara amica. I suoi capelli biondi e
boccolosi, il naso all'insù, quegli occhi blu
profondi come il mare: bellissima. Aveva tutto ciò
che si poteva desiderare. Un marito benestante,
una figlia adorabile, una casa di proprietà. La vita
perfetta, quella che tutti vorrebbero. Eppure, ogni
volta che squillava il telefono, il suo tono tradiva
qualcosa.

Pensai alla sua voce stanca durante l'ultima
telefonata.

"Ciao Carolina, è bello sentirti," mi disse quel
giorno. Mi accoccolai sul divano, con il telefono
stretto tra le mani, cercando di concentrarmi sulla
sua voce.

"Come stai, Maria?" le chiesi, anche se la risposta
era quasi scontata.

"Ugh, non ne posso più," sbuffò lei. "Oggi ho avuto l'ennesima discussione con Luca. Sta lavorando troppo, non c'è mai, e io rimango sola con la bambina tutto il giorno. A volte penso che nemmeno si accorga di quanto mi stia sacrificando per tenere tutto in piedi."

Feci una pausa. Era una confessione pesante, ma una che avevo sentito già altre volte. Sapevo quanto Maria si fosse dedicata alla sua famiglia, quanto avesse lottato per costruire quella vita apparentemente perfetta. Aveva lasciato il lavoro che amava per occuparsi della figlia a tempo pieno, aveva ristrutturato quella casa con mesi di sacrifici, e ora si trovava intrappolata in un ruolo che sembrava non lasciarle vie di fuga.

"Mi sembra di correre sempre, Carolina," continuò poi lei, il tono della sua voce che si incrinava leggermente. "Corro per fare felice Luca, per crescere bene nostra figlia, per essere la moglie e la madre perfetta. Ma... e io? Quando tocca a me essere felice?"

Quelle parole erano vere, crude, eppure così universali. Eppure mi trovai incapace di rispondere. Come potevo farlo? Chi ero io per dirle che forse aveva ragione? Maria aveva lavorato duramente per costruire quella vita. Una vita che, a modo suo, era piena di amore e di stabilità. Non era forse questo ciò che tutti cercavano? Chi ero io per demotivarla o buttarla giù, anche solo con un accenno di dubbio?

"Maria…" iniziai, ma le parole mi rimasero in gola. Non volevo mentire, ma non volevo neppure tradire quella sensazione di rispetto che avevo per i suoi sforzi. Alla fine, mi limitai a un generico: "Capisco. Deve essere difficile."

"Difficile?" rise amaramente. "Difficile è poco. Ma cosa posso fare? Non posso lamentarmi troppo. Luca lavora per noi, per darci una vita migliore. E la bambina… è la mia vita, lo sai. Non è colpa loro. Sono io che devo imparare a fare tutto." Quando Maria riattaccò, sentii un peso opprimente sul petto. Non riuscivo a scrollarmi di dosso la sensazione di averla lasciata sola. Eppure, in cuor mio, sapevo che qualsiasi cosa avessi detto non avrebbe fatto la differenza. Ci sono momenti in cui anche la migliore delle amiche non può salvarti da te stessa.

Dopo qualche minuto, mi accorsi che era ora di andare. Alzai il cappuccio mentre raggiungevo l'autobus che, quando salii, era gia' mezzo pieno. I volti erano gli stessi di sempre. Nessuno alzava lo sguardo dal telefono o dal finestrino. Ogni passeggero sembrava chiuso nel proprio mondo, una collezione di pensieri silenziosi intrappolati in corpi stanchi. Mi sedetti vicino al finestrino, osservando le strade che scorrevano lentamente sotto il cielo grigio. La pioggia colava sul vetro, distorcendo i contorni degli edifici. Il riflesso delle luci del traffico colorava di rosso e arancione le pozzanghere sull'asfalto, creando un'atmosfera che oscillava tra il malinconico e l'ipnotico.

Ogni curva, ogni fermata erano un déjà vu, una scena già vista troppe volte. Dentro di me, un pensiero si faceva sempre più insistente: è questa la vita per cui mi alzo ogni mattina?

 Il bus si fermò di colpo, scuotendomi dai miei pensieri. Era la mia fermata. Con un respiro profondo, scesi, tirandomi il cappuccio sulla testa per ripararmi dalla pioggia.

L'edificio del mio ufficio era un parallelepipedo grigio che si stagliava contro un cielo dello stesso colore. Entrai, scrollandomi la pioggia di dosso, e salutai distrattamente il collega alla reception. Il corridoio era illuminato da neon freddi, un labirinto di porte chiuse e pareti senza vita. Arrivai alla mia scrivania, accendendo il computer mentre i suoni familiari riempivano l'aria: il clic delle tastiere, il ronzio delle stampanti, il mormorio di conversazioni che si svolgevano sempre con la stessa energia meccanica.

Il mio schermo si accese, mostrando la lista di e-mail non lette. Problemi da risolvere, scadenze da rispettare, richieste a cui rispondere. Ogni messaggio era una variazione sullo stesso tema: dettagli tecnici, numeri, domande. Cliccavo, leggevo, rispondevo, quasi in automatico. Ogni tanto mi capitava di scorrere il cursore senza sapere nemmeno cosa stessi cercando, come se il mio cervello avesse bisogno di distrarsi dalla ripetitività.

"Carolina, hai visto l'ultimo aggiornamento del cliente?" Una voce mi interruppe. Alzai lo sguardo. Era Sophie, una collega dall'espressione perennemente affrettata. "Sì, lo sto gestendo," risposi, accennando un sorriso che non raggiunse mai i miei occhi. Lei annuì e tornò al suo posto. Mi chiesi se anche lei si sentisse intrappolata come me, ma non avevo il coraggio di chiederlo. Certe cose non si dicono in un ufficio. Qui tutti indossano la maschera della produttività, nascondendo i propri dubbi e le proprie insicurezze.

La mattinata trascorse lenta. Ogni tanto buttavo un'occhiata fuori dalla finestra. La pioggia continuava a cadere, un ritmo monotono che sembrava scandire il tempo come una clessidra infinita. A pranzo presi il mio solito panino e mi sedetti in mensa, osservando i colleghi conversare. I loro discorsi erano una giostra di argomenti prevedibili: "Hai visto la partita?", "Penso di prenotare una crociera per le vacanze", "I bambini hanno preso l'influenza". Sorridevo a tratti, cercando di sembrare partecipe, ma dentro di me c'era solo un vuoto.

Il pomeriggio non fu diverso. Una serie di compiti ripetitivi, interrotti solo dal suono delle mail in arrivo. Quando finalmente arrivò l'ora di spegnere il computer, sentii un piccolo sollievo. Indossai il cappotto e mi diressi verso l'uscita, cercando di non pensare troppo al fatto che tutto questo si sarebbe ripetuto il giorno successivo.

Fuori, la pioggia era diventata più fitta, accompagnata da un vento gelido che rendeva difficile tenere l'ombrello aperto. Mentre aspettavo l'autobus, guardai le persone intorno a me. Gli stessi volti spenti, corpi curvi contro il freddo, una folla di sconosciuti uniti solo dalla fatica. Tornai al mio posto vicino al finestrino, osservando il mondo esterno scorrere come un film a rallentatore.

Quando finalmente arrivai a casa, chiusi la porta alle mie spalle e mi lasciai cadere sul divano. L'appartamento era silenzioso, illuminato solo dalla luce fioca di una lampada. Guardai fuori dalla finestra: il cielo grigio, le gocce di pioggia che scivolavano sul vetro. Mi sentivo come quelle gocce, in caduta libera, senza una direzione precisa. Eppure, da qualche parte dentro di me, una piccola voce continuava a sussurrare: "Non può essere tutto qui. Deve esserci di più."

Rimasi lì per qualche minuto, immobile, cercando di ascoltare il silenzio. Ogni angolo della stanza sembrava parlare di routine, di giorni che si ripetevano senza variazioni. Sul tavolo c'erano ancora i resti della colazione: una tazza di tè lasciata a metà, un piatto con poche briciole. Era l'immagine perfetta della mia vita in quel momento: incompleta, interrotta, sospesa.

Mi alzai con un sospiro e accesi il bollitore per preparare un'altra tazza di tè, un gesto automatico che non richiedeva alcuno sforzo mentale. Mentre aspettavo, aprii il cassetto della cucina, alla ricerca di qualcosa da mangiare. In mezzo a pacchi di biscotti e barrette proteiche, trovai una scatola impolverata. La scatola dei ricordi.

La presi, senza sapere esattamente cosa stessi cercando, e mi sedetti di nuovo sul divano. La aprii con cautela, quasi temendo che il suo contenuto potesse riportarmi troppo indietro. Dentro c'erano vecchie foto, quaderni pieni di scarabocchi e piccoli oggetti che avevano significato qualcosa anni prima. Una penna rosa, un braccialetto intrecciato, una cartolina mai spedita. Tra tutto, trovai un foglio piegato in quattro: un disegno.

Lo aprii lentamente. Era il disegno di una bambina che ballava su un palco, con un vestito rosso brillante e un sorriso che illuminava tutto. Ero io.

Ricordai chiaramente quel giorno, come se fosse ieri. Ero in terza elementare, e la maestra ci aveva chiesto di disegnare cosa sognavamo di fare da grandi. Ero emozionata, così tanto che le mani mi tremavano mentre afferravo i pastelli colorati. Mi ero immaginata su un palco, i riflettori puntati su di me, il vestito rosso che brillava come una stella. Nella mia mente, sentivo già il calore del pubblico, gli applausi che mi avvolgevano come un abbraccio.

Quando la maestra si avvicinò al mio banco, con i suoi occhiali spessi e il sorriso gentile, io alzai il disegno con orgoglio. Lei lo osservò per un momento, accennando un sorriso. "Che bello, Carolina!" disse. Poi aggiunse, con un tono più pratico: "Ma forse dovresti pensare a qualcosa di più realistico. Magari una maestra, come me?"

Non ero consapevole che quelle parole mi avrebbero segnato per sempre. Ero troppo piccola per capire esattamente cosa volessero dire, ma sentii che qualcosa dentro di me si spezzava. Annuii, nascondendo il disegno sotto il quaderno, e non dissi nulla. Quel giorno imparai che sognare poteva essere sbagliato.

Ripensai alle settimane successive. Non parlai più del mio disegno con nessuno. Lo piegai con cura e lo misi nella scatola che ora avevo tra le mani. Tornai a scuola, facendo quello che mi veniva detto, cercando di essere quella "brava bambina" che tutti volevano. Ma ogni volta che vedevo qualcuno sul palco – una ballerina, un'attrice, persino un presentatore – sentivo una fitta di nostalgia per quel sogno che avevo nascosto così in profondità.

Guardai il disegno con attenzione, le dita che seguivano le linee tremolanti del vestito. "Quando ho smesso di credere che fosse possibile? E soprattutto, perché?" mormorai, quasi senza accorgermene. Era incredibile quanto potesse essere vivido il ricordo di una bambina che credeva che tutto fosse possibile. Allora, sognare non era solo naturale, era la cosa più importante. Crescendo, però, impariamo a ridimensionarci, a non chiedere troppo, a non farci illusioni.

Pensai a quante volte mi ero detta "Non è realistico." Non era realistico lasciare il lavoro, inseguire un sogno, essere davvero felice. Ma non era altrettanto irrealistico pensare che potessi sopravvivere a questa vita senza sentirmi più viva?

Il suono del bollitore che si spegneva fermo' quei pensieri che scorrevano come un fiume nella mia testa. Mi alzai e versai l'acqua calda nella tazza, lasciando il disegno sul divano. Ma quella domanda continuava a rimbalzare nella mia mente. Tornai alla finestra, osservando le gocce di pioggia che scivolavano lente. Le loro traiettorie sembravano imprevedibili, ma finivano tutte nello stesso posto. Proprio come me.

Il disegno era ancora lì, sul divano, il suo rosso vivace quasi una provocazione contro il grigio che dominava la stanza. Per un attimo mi chiesi se quella bambina dentro di me fosse ancora lì, nascosta da qualche parte, aspettando che le dessi un'altra possibilità di sognare.

"Amore!!"
La voce di Daniel mi riportò alla realtà, come un filo invisibile che mi tirava indietro dai miei pensieri. Lui era appena rientrato, portandosi dietro l'odore umido della pioggia e il rumore delle sue scarpe bagnate sul parquet. Entrò in soggiorno togliendosi il cappotto con un gesto rapido e scrollò qualche goccia di pioggia dai capelli.

Daniel era alto, con una corporatura robusta che a molti poteva sembrare rassicurante. I suoi occhi azzurri, così freddi e precisi, mi avevano incantata la prima volta che ci eravamo incontrati. Eppure, io avevo sempre avuto un debole per i mori. Forse era stata proprio quella differenza, quel contrasto, ad attirarmi verso di lui.

"Allora, come è andata oggi?" chiese, lasciando cadere distrattamente la borsa sul tavolo. Non sembrava davvero aspettarsi una risposta.

"Solita giornata," risposi, cercando di mantenere un tono leggero mentre stringevo la tazza tra le mani.

Lui si sedette sul divano, proprio accanto al disegno. Non lo notò nemmeno. Accese la TV, lasciando che i suoni riempissero il silenzio della stanza. "Stanno trasmettendo la partita," disse, quasi a giustificarsi.

Osservandolo, sentii un misto di tenerezza e frustrazione. All'inizio della nostra relazione, Daniel era stato una ventata d'aria fresca. Mi faceva ridere con il suo accento olandese quando tentava di pronunciare parole italiane come "mozzarella" o "bellissima". Mi ricordavo di quella volta che, senza alcun preavviso, aveva organizzato una gita al mare solo per vedermi sorridere. Quelle piccole attenzioni mi avevano fatto sentire speciale, come se qualcuno mi vedesse davvero per la prima volta.

"Carolina, perché sorridi così?" mi chiese una volta, con gli occhi pieni di curiosità.
"Perché sono felice," gli avevo risposto. Ed era vero. Allora, lo ero davvero.

Ma qualcosa era cambiato. Forse ero cambiata io, o forse era lui. Ora i suoi gesti, le sue parole, sembravano privi di quel calore che mi aveva conquistata. Eravamo diventati come due satelliti che orbitavano nella stessa casa senza mai incontrarsi davvero.

"Sei silenziosa stasera," disse all'improvviso, distogliendo lo sguardo dallo schermo per guardarmi.

"Sto solo pensando," risposi, cercando di evitare il suo sguardo.

Lui sorrise debolmente. "Pensare troppo non fa mai bene," disse. Poi aggiunse, con un tono scherzoso ma tagliente: "Sei sempre persa nei tuoi sogni, Carolina. Dovresti imparare a essere più realista."

Quelle parole mi colpirono come una freccia al cuore. Cercai di sorridere, ma dentro di me qualcosa si spegneva. Non era la prima volta che diceva qualcosa del genere, ma ogni volta sembrava più difficile ignorarlo. Mi alzai dal divano, sentendo il bisogno di allontanarmi.

"Vado a preparare qualcosa da mangiare," dissi, dirigendomi in cucina.

Mentre mettevo insieme una cena improvvisata, sentii il peso delle sue parole gravarmi addosso. "Sei sempre persa nei tuoi sogni." Forse aveva ragione. Forse sognare era davvero inutile, una perdita di tempo. Ma una parte di me, quella bambina con il vestito rosso, gridava il contrario.

Quando tornai in soggiorno con due piatti di pasta fumante, Daniel stava ancora guardando la TV. Misi il piatto davanti a lui e mi sedetti accanto, cercando di fingere che tutto andasse bene. Ma dentro di me, la distanza tra noi sembrava diventare un abisso.

"Grazie," disse, prendendo il piatto senza distogliere lo sguardo dallo schermo, non notando i miei occhi lucidi ad una punta dal suo naso. Il suo era un gesto automatico, privo di calore, e per qualche ragione mi fece male più del solito. Lo osservai per un istante, chiedendomi se si accorgesse mai di quanto mi sentissi distante, invisibile, come se fossi diventata parte del mobilio che ci circondava.

Restammo in silenzio per un po', il rumore della partita riempiva l'aria. Eppure, in quell'assenza di parole, mi sentivo più sola che mai. Guardai di nuovo fuori dalla finestra. La pioggia aveva smesso di cadere, finalmente.

"Che c'è che non va?" chiese improvvisamente, spezzando il silenzio.

Rimasi sorpresa dalla domanda. Era raro che notasse il mio umore, o almeno che lo esprimesse a voce. Cercai di formulare una risposta, ma le parole sembravano bloccate in gola. "Niente," dissi infine, sapendo bene che non era la verità.

Lui mi lanciò uno sguardo rapido, poi tornò alla TV. "A volte sembri così distante, Carolina. È solo il lavoro? O è qualcos'altro?"

Quelle parole avrebbero potuto essere un invito ad aprirmi, ma nel suo tono c'era una sfumatura di accusa, come se fossi io l'unica responsabile della distanza tra di noi. Mi strinsi nelle spalle. "Sono solo stanca," mentii.

Lui sospirò, come se quella risposta fosse troppo prevedibile per meritare un'ulteriore conversazione. Prese il telefono e cominciò a scorrere distrattamente, lasciando che il silenzio tornasse a riempire la stanza. Mi ritrovai a fissare il piatto di pasta davanti a me, ormai freddo, incapace di mangiare.

Un documentario iniziò poco dopo, interrompendo la telecronaca della partita. Una voce narrante calda e rassicurante parlava di scelte coraggiose e della possibilità di cambiare vita. Sollevai lo sguardo verso lo schermo, attirata da quelle parole: "Cambiare vita non è mai facile, ma può essere la scelta più autentica che facciamo."

Le immagini del documentario continuavano a scorrere, catturando la mia attenzione in un modo che non ricordavo di aver provato da tempo. La donna, seduta all'ombra di un grande albero con il suo van parcheggiato dietro di lei, parlava con un sorriso che non avevo mai visto in nessuno dei miei colleghi, né tanto meno sul volto di Daniel. Sembrava radiosa, non per il trucco o per un'estetica costruita, ma per un tipo di felicità che veniva da dentro, come una fiamma accesa da un vento di libertà.

"Ho vissuto per anni seguendo un copione," diceva con voce calma e decisa, mentre si sistemava i capelli raccolti in una treccia disordinata. "Lavoro, casa, relazioni... tutto sembrava perfetto agli occhi degli altri. Ma un giorno mi sono chiesta: 'Perfetto per chi?' Non per me."

Sul video, scorrevano immagini di lei che preparava un caffè all'aperto, con le montagne innevate sullo sfondo. Poi la si vedeva camminare lungo una spiaggia deserta al tramonto, la sabbia che scivolava sotto i suoi piedi nudi. Ogni scena raccontava una storia diversa, ma tutte parlavano di una cosa sola: scelta. Lei aveva scelto di vivere così. Aveva scelto se stessa.

"Molti pensano che vivere in un van sia una fuga," continuava la donna, mentre accarezzava un cane accoccolato accanto a lei. "Io non sono scappata da niente. Ho smesso di scappare dai miei sogni, invece, e ho deciso di correrci incontro."

Il mio cuore batteva forte. Ogni parola che diceva sembrava rivolta a me. Mi ricordava ciò che avevo sempre saputo, ma che avevo smesso di ascoltare.

Forse avevo sepolto quei sogni per paura di essere giudicata, di fallire, di trovarmi sola.

Daniel, invece, continuava a scorrere sul telefono, completamente disinteressato. "Che sciocchezza," disse ad un tratto, scuotendo la testa. "Chi può davvero vivere così? È solo una fase. Alla fine, tutti tornano alla realtà."

Quelle parole mi ferirono profondamente. Non era solo il suo tono di disprezzo, ma la leggerezza con cui liquidava qualcosa che per me sembrava così vitale. Era evidente che per lui, quella donna stava solo giocando, rifiutandosi di affrontare "il mondo reale." Ma stava parlando di me, dei miei desideri? Pensava lo stesso anche di me? Che i miei sogni fossero solo capricci?

Cercai di guardarlo, di cercare un frammento di connessione nei suoi occhi, ma lui non si accorse nemmeno del mio sguardo. "Alla fine tutti tornano alla realtà," aveva detto. Ma di quale realtà parlava? Una vita fatta di routine, compromessi e sogni abbandonati? Non era quella la realtà che volevo per me.

La donna del documentario, intanto, continuava a raccontare: "La cosa più difficile è stata accettare che il tempo è la nostra risorsa più preziosa. Tutti ci insegnano a spenderlo per gli altri, per il lavoro, per la famiglia. Ma a un certo punto ho deciso che il mio tempo valeva di più delle aspettative che gli altri avevano per me."

Mi sentii come se un fulmine mi avesse colpita. Le sue parole erano crude, oneste, eppure incredibilmente liberatorie. Fissai lo schermo, incapace di staccarmi da quelle immagini. La donna, ora al volante del suo van, percorreva una strada tortuosa circondata da alberi altissimi. Ogni curva sembrava portarla più vicino a una versione di sé stessa che io non riuscivo nemmeno a immaginare.

Provai un misto di emozioni: un'invidia bruciante, ma anche una scintilla di speranza. E se potessi farlo anch'io? E se quella libertà non fosse così irraggiungibile come avevo sempre creduto?

Il contrasto con Daniel, accanto a me, era stridente. Lui sembrava immerso in un mondo distante, fatto di cose che non mi appartenevano più. Il suo disinteresse per quel documentario, per quei sogni, mi fece sentire ancora più sola. Guardai fuori dalla finestra. La pioggia continuava a battere contro il vetro, ma per la prima volta non mi sembrava solo un segno di malinconia. Forse, quelle gocce stavano pulendo qualcosa, liberando il terreno per qualcosa di nuovo.

Non riuscii a restare ferma. Mi alzai dal divano, dicendo: "Vado a letto." Daniel annuì distrattamente, senza pestarmi davvero attenzione. Mi infilai sotto le coperte, ma non riuscivo a chiudere occhio. Quelle parole, quelle immagini, continuavano a rimbombare nella mia testa.

Presi il telefono. Con il cuore che batteva forte, digitai: "van usati in vendita." Era un gesto istintivo, ma per la prima volta dopo tanto tempo, sentii che stavo facendo qualcosa per me stessa. Mentre scorrevo le immagini, iniziai a immaginare una vita diversa. Non era solo una fantasia. Era un promemoria che quella vita, in qualche modo, era ancora possibile.

Chiusi gli occhi, stringendo il telefono al petto. "Non succederà subito," pensai, "ma succederà." E quella notte, per la prima volta dopo tanto tempo, mi addormentai con un sorriso sul volto.

L'incontro con il van

Il suono della sveglia mi riportò alla realtà. Era un sabato qualunque, ma questa volta qualcosa in me era diverso. Dalle tende socchiuse, filtrava una luce grigia e diffusa, il tipico "tempo olandese" che non ti invita nemmeno ad alzarti dal letto. Mi rigirai tra le coperte, ascoltando il suono incessante della pioggia che tamburellava contro i vetri. Ogni tanto, il vento fischiava leggermente, scuotendo i rami degli alberi spogli nel cortile. Era una sinfonia monotona, quasi confortante nella sua costante ripetitività, ma anche soffocante.

Finalmente mi decisi a scendere dal letto. Camminai scalza fino alla finestra e scostai le tende. La strada era deserta, come lo è spesso durante le mattine piovose. Le casette olandesi, perfettamente allineate e con le loro facciate strette e alte, sembravano giocattoli incastonati in un diorama grigio. I mattoni umidi riflettevano appena la luce del giorno, e i tetti spioventi sembravano trattenere ancora la pioggia come spugne cariche d'acqua. Di fronte, una donna anziana con un impermeabile verde si affrettava lungo il marciapiede, stringendo un ombrello troppo piccolo per proteggerla davvero.

Le biciclette, solitamente onnipresenti, erano accatastate sotto una tettoia. Solo una era appoggiata contro un lampione, il sellino lucido di gocce che scivolavano lente verso il suolo. Persino l'acqua nei canali, solitamente vivace, sembrava appesantita dalla giornata. Le onde erano lente, quasi immobili, come se anche loro si fossero arrese al peso del cielo.

Il sogno del van, delle strade infinite e dei cieli aperti, era ancora vivo nella mia mente.

Mi alzai con movimenti lenti, come se temessi che il sogno potesse svanire del tutto. Preparai una tazza di tè, ma non la bevvi subito. Non avevo fretta di fare nulla, eppure il senso di inquietudine mi avvolgeva come una coperta troppo stretta. Guardai di nuovo fuori dalla finestra, lasciando che la mente vagasse. Era una scena familiare, eppure mi sembrava insopportabilmente estranea. Quella perfezione così ordinata, così precisa, non mi apparteneva.

"Un'altra mattina sprecata," pensai, osservando un uomo in bicicletta che passava accanto alle file ordinate di case. Portava una borsa a tracolla e pedalava sotto la pioggia senza curarsi di bagnarsi. Una parte di me invidiava la sua indifferenza. Io, invece, ero bloccata, incapace di trovare senso persino in un sabato libero. "E se lo facessi davvero?" mi chiedi sottovoce. Quel pensiero era spaventoso, quasi ridicolo, ma c'era una scintilla di eccitazione che non riuscivo a ignorare.

Mi sedetti al tavolo con il telefono in mano. Le parole "van usati in vendita" erano ancora lì nella cronologia della mia ricerca. Cliccai.

Le immagini sullo schermo erano un mondo completamente diverso rispetto a quello che vedevo fuori dalla finestra. Furgoni vecchi, un po' arrugginiti, con interni grezzi ma funzionali. Alcuni erano parcheggiati su spiagge isolate, altri in mezzo a foreste verdi e lussureggianti. Quelle immagini mi parlavano di possibilità, di strade sconosciute, di libertà.

Mi chiesi cosa avrei potuto fare davvero con un van. Le descrizioni tecniche mi confondevano: chilometraggio, manutenzione, condizioni del motore, eppure ogni immagine mi faceva battere il cuore più forte.

Non avevo grandi talenti pratici, non ero una meccanica, né una falegnama. Ma sapevo che volevo creare qualcosa. Qualcosa di mio, con le mie mani. Forse avrei imparato a dipingere, a cucire, a creare piccoli oggetti da vendere nei mercati locali. L'idea era vaga, ma era un inizio.

Decisi di scrivere a un paio di venditori, anche se la paura mi bloccava. Cosa avrei chiesto? "Salve, vorrei comprare un van per lasciare tutto e cambiare vita"? Era una follia. Il contrasto tra il mondo fuori e quello nella mia testa era stridente. Guardai di nuovo dalla finestra. L'acqua del canale rifletteva le casette ordinate e le luci dei lampioni che si erano già accese nonostante fosse mattina. Era tutto così statico, così prevedibile, e io mi sentivo come un pezzo sbagliato di quel puzzle.

Era quella sensazione, quella costante dissonanza, che mi spinse a inviare un messaggio a uno dei venditori di van. "Salve, il van è ancora disponibile? Mi piacerebbe venirlo a vedere." Premetti invio, e subito dopo il cuore iniziò a battermi forte. Avevo fatto il primo passo. La pioggia fuori continuava a cadere, ma per un attimo, dentro di me, sentii un piccolo spiraglio di luce.

Nel pomeriggio, ricevetti una risposta. Un venditore si trovava a un'ora di distanza e mi invitò a vedere il furgone il giorno successivo. L'idea di incontrare uno sconosciuto mi spaventava, ma non potevo tirarmi indietro. Sapevo che se non avessi agito subito, la paura avrebbe avuto la meglio su di me.

Quando lo dissi a Daniel, mentre cenavamo in silenzio, lui alzò lo sguardo perplesso. "Un van? Perché vuoi vedere un van?" chiese, infilzando un boccone di pasta con la forchetta.

Esitai per un istante, sapendo che avrei dovuto preparare una risposta convincente. Ma la verità era che non avevo voglia di mentire, non più. "Ho pensato di comprarne uno," dissi, cercando di mantenere un tono leggero. "Magari per fare un viaggio."

Lui rise, una risata breve e incredula che mi colpì più di quanto avrebbe dovuto. "Tu? Un van? Carolina, dai, non hai nemmeno mai cambiato una ruota."

Quelle parole mi ferirono. Cercai di mascherare il fastidio, ma sentii un brivido di irritazione risalirmi lungo la schiena. "Posso imparare," risposi, stringendo la forchetta tra le dita con più forza del necessario.

Daniel appoggiò la forchetta con un gesto teatrale, incrociando le braccia. "Ma a cosa ti serve un van? Abbiamo una macchina. Se vuoi fare un viaggio, possiamo farlo insieme."

Scossi la testa, cercando di controllare il tremolio della voce. "Non è per un viaggio normale, Daniel.

Voglio qualcosa di diverso. Voglio qualcosa per me."

Le mie parole sembravano fluttuare nella stanza, sospese nell'aria umida di pioggia che si insinuava dalle finestre. Lui si appoggiò allo schienale della sedia, scrutandomi con un'espressione che alternava perplessità e irritazione. "Questa storia non ha senso. Perché devi complicarti la vita con queste idee strane? Non sarebbe meglio pensare a qualcosa di più concreto? Magari risparmiare per una casa?"

Non fu solo la sua incredulità a farmi male; era l'implicita negazione di tutto ciò che stavo iniziando a desiderare. In quel momento, mi resi conto che non era solo Daniel a non capire. Era tutta la mia vita fino a quel momento: razionale, concreta, ma completamente vuota.

Guardai la mia pasta, ormai fredda nel piatto, senza trovare la forza di rispondere. "Volevo qualcosa che non potesse essere misurato in metri quadri o in progetti a lungo termine.

Il giorno successivo, raggiunsi il luogo dell'incontro. Mi avvicinai lentamente, quasi con timore reverenziale. Ad aspettarmi c'era il venditore, un uomo sulla cinquantina con pelle olivastra, lineamenti decisi e un sorriso disarmante. La sua giacca logora sembrava aver visto inverni e avventure, e c'era un non so che di familiare nel suo modo di muoversi, lento ma sicuro. Aveva mani grandi, segnate dal lavoro, e occhi scuri che sembravano portare con sé storie di posti caldi e lontani.

"Ecco qui," disse, allargando le braccia verso il van. La sua voce era calda, leggermente roca, con un accento che non riuscivo a identificare ma che mi fece pensare al Mediterraneo. Forse veniva da qualche paese del sud, un luogo di sole e mare, lontano da quel grigio che sembrava avvolgere ogni cosa.

"Non è nuovo, ma è affidabile. Il motore è stato revisionato, e ci sono abbastanza chilometri per farci un bel po' di strada. Ha ancora molta vita davanti, credimi," aggiunse, passando una mano sulla carrozzeria con un gesto quasi affettuoso. Sembrava parlare di un vecchio amico più che di un veicolo in vendita.

Mi chinai per toccare la carrozzeria, sentendo sotto le dita la superficie fredda e ruvida. "Sembra… solido," dissi, cercando di nascondere l'emozione.

L'uomo annuì, sorridendo. "Lo è. Certo, non vincerà un concorso di bellezza, ma si farà amare. Dentro c'è spazio per tutto quello che ti serve, con un po' di creatività." Lo disse con una semplicità che mi colpì, come se vedesse anche lui quello che stavo immaginando.

Mi invitò a salire. Aprii la portiera e l'odore di metallo e vecchio tessuto raggiunse subito le mie narici. L'interno era spoglio: sedili consunti, un pavimento in gomma pieno di graffi e una paratia di legno che divideva la cabina dal vano posteriore. Ma non vidi il vuoto. Vidi possibilità.

Mentre scrutavo l'interno, appoggiai le mani sul volante e chiusi gli occhi per un istante. Nella mia testa, il van si trasformò. Il pavimento di gomma divenne un parquet chiaro e caldo. Sui lati, scaffali di legno grezzo pieni di libri, piccoli souvenir raccolti durante i viaggi e barattoli di spezie esotiche. Un letto sul fondo, coperto da una coperta a righe colorate, sarebbe stato il mio rifugio la sera, con la porta aperta sul mare o su una valle verde.

Sulla parete di sinistra, immaginai la mia cucina: un fornello a gas, una mensola con tazze appese e un lavello d'acciaio. Sul tetto, pensai a pannelli solari che avrebbero alimentato le luci e il frigorifero. Ogni dettaglio prendeva vita nella mia mente, come un mosaico che finalmente si componeva.

Il grande uomo buono si appoggiò al telaio della portiera, osservandomi immersa tra i miei sogni. "Hai già pensato a come trasformarlo?" mi chiese, con un tono curioso, quasi complice.

"Un po'," ammisi, con un sorriso timido. "Un letto, qualche scaffale, forse una piccola cucina."

Lui annuì, il sorriso che si allargava. "È così che inizia. Prima un letto, poi un viaggio, e alla fine… scopri che non ti serve molto altro." Fece una pausa, guardando il van come se avesse già visto quella storia accadere mille volte. "Non so quale sia la tua destinazione, ma se è abbastanza lontana, questo qui ti porterà."

Quelle parole fecero breccia dentro di me più di quanto volessi ammettere. Forse aveva ragione. Forse non avevo nemmeno una destinazione, ma era il viaggio a contare.

"Posso provarlo?" chiesi al venditore, sorprendendomi della sicurezza nella mia voce.

"Certo," rispose, sorridendo mentre passava le chiavi nelle mie mani. "Senti il motore, ascolta come risponde. Sarai tu a dirci se è il tuo veicolo, non io."

Quelle parole, pronunciate con una calma quasi filosofica, mi diedero fiducia. Salì dal lato passeggero, mentre io accendevo il motore. Il rumore si fece strada nelle mie orecchie: basso, graffiante, un borbottio costante che mi faceva sentire come se il van fosse vivo sotto le mie mani.

"Non è un motore silenzioso, lo so," disse con un mezzo sorriso, osservandomi mentre testavo il volante. "Ma non ti tradirà, e questa è la cosa importante."

Mi avventurai lungo la strada polverosa che costeggiava il capannone. Ogni piccolo sobbalzo sulla strada sconnessa, ogni scricchiolio dall'interno del van, sembrava raccontare una storia. Ogni suono mi faceva pensare a chilometri già percorsi, a vite vissute. Ero consapevole che per qualcuno quel veicolo fosse solo un vecchio mezzo con tanti anni alle spalle, ma per me era una tela bianca.

"Quanti proprietari ha avuto?" chiesi, cercando di distrarmi dalla mia emozione crescente.

Lui annuì, come se si aspettasse la domanda. "Tre. Il primo era un ragazzo tedesco che lo usava per consegnare piante ai mercati. Lo teneva pulito, lo trattava come un figlio. Poi è passato a una coppia francese. Loro lo hanno trasformato in un camper per girare l'Europa. Dicono che l'abbiano portato fino ai confini del Portogallo, dormendo sotto le stelle e cucinando con un fornellino da campeggio. L'ultimo invece... beh, non era esattamente un tipo da avventure. Lo usava per trasportare materiali edili."

Sorrisi. "Quindi ha fatto un po' di tutto."

"Esatto," rispose lui, guardando fuori dal finestrino come se stesse vedendo il passato scorrere davanti agli occhi. "Ma credo che il suo meglio debba ancora arrivare."

Immaginai come sarebbe diventato e segretamente concordai con la sua affermazione.

"E cosa ne farai tu?" chiese il venditore, interrompendo i miei pensieri. La sua domanda era diretta, ma priva di giudizio.

"Viaggiare," risposi, il tono incerto ma la determinazione crescente. "Trasformarlo in una casa su ruote. Qualcosa di mio."

Lui annuì, il suo sguardo che sembrava approvare senza bisogno di ulteriori spiegazioni. "Hai mai fatto qualcosa del genere prima?"

"No," ammisi, sorridendo con un misto di imbarazzo e orgoglio. "Ma penso di poterci riuscire."

"Con quella luce negli occhi, sono sicuro di sì," disse, ridacchiando. "E lascia che ti dica una cosa: i viaggi migliori iniziano quando non hai idea di cosa stai facendo."

Il van sobbalzò leggermente su una buca, il volante vibrava tra le mie mani, ma la sensazione era rassicurante. Sentivo di avere il controllo, di essere al comando non solo di quel veicolo, ma anche di una parte della mia vita che avevo sempre lasciato in secondo piano.

Mi fermai al lato della strada, spensi il motore e rimasi per qualche secondo in silenzio. Guardai fuori dal parabrezza, verso l'orizzonte che si stendeva in una linea grigia e indistinta. Nella mia mente, quella linea si trasformò in una strada infinita, illuminata dalla luce calda del sole, con alberi che si piegavano al vento e campi che sembravano non finire mai.

"Ti piace?" chiese il venditore, rompendo il silenzio.

Mi voltai verso di lui, con un sorriso che stavolta non avevo bisogno di forzare. "Sì. Mi piace davvero. Penso che sia perfetto per me."
Lui annuì, lasciandomi quel momento senza aggiungere altro. In quell'istante, sapevo che non era solo il van a sembrare giusto. Era la decisione di prenderlo, di iniziare qualcosa di nuovo.

Una volta tornata al capannone, scesi dal van con le mani ancora tremanti. Le guardai, e per un attimo mi sembrò che portassero l'odore del furgone: un misto di metallo e avventura. Mi girai per guardarlo ancora una volta, già affezionata alla sua forma imperfetta. Era come se ci conoscessimo da sempre, come se quel veicolo avesse aspettato me per iniziare una nuova vita.

"Vuoi pensarci su?" chiese il venditore, le mani in tasca e un'espressione neutra, quasi a lasciarmi lo spazio di cui avevo bisogno.

"No," risposi con fermezza, sentendo il cuore battere più forte. "Lo prendo."

Stringemmo la mano, un gesto semplice e carico di significato. Era un accordo tra due estranei, ma per me rappresentava molto di più: era il mio primo passo verso qualcosa di nuovo.

Salendo in macchina, appoggiai le mani sul volante e presi un respiro profondo. Avevo appena fatto qualcosa che non avrei mai pensato di avere il coraggio di fare. La strada davanti a me, ancora umida dalla pioggia del mattino, si allungava come un tappeto scuro, ma in fondo all'orizzonte qualcosa era cambiato. Il cielo, che fino a poche ore prima era una distesa di nuvole grigie e pesanti, stava ora cambiando colore.

Mentre guidavo, notai che aveva smesso di piovere. Il cielo, tipicamente basso e opprimente, si stava aprendo, mostrando squarci di un azzurro tenue e pulito. Era una vista rara, quasi incredibile per una giornata olandese, ma non mi sembrò una coincidenza. Era come se il mondo riflettesse il mio stato d'animo: quella scintilla di possibilità che si stava accendendo dentro di me.

Le strade bagnate brillavano sotto i raggi di un sole che timidamente faceva capolino tra i palazzi, dipingendo le facciate di mattoni con un colore caldo, trasformandole in qualcosa di accogliente e familiare. Anche i canali, solitamente grigi e spenti, sembravano risvegliarsi. L'acqua rifletteva il cielo come uno specchio, con piccoli cerchi concentrici che si formavano qua e là dove le ultime gocce di pioggia scivolavano dai tetti.

Gli alberi ai lati della strada, che fino a quel momento mi erano sembrati spogli e tristi, ora apparivano più vivi, con il rosso delle foglie lucido e vibrante. Anche i rami più sottili, ancora intrisi d'acqua, scintillavano come se fossero stati decorati con piccoli gioielli.

Mentre attraversavo un tratto di campagna, il paesaggio si aprì. I campi, ancora umidi,

43

riflettevano il sole appena spuntato, creando un gioco di luci che sembrava quasi irreale. Gli uccelli, rimasti nascosti durante la pioggia, cominciavano a cinguettare, il loro suono tenue ma inconfondibile che si mescolava con il ronzio della mia auto. Mi accorsi che stavo sorridendo, senza nemmeno rendermene conto.

Mi sorpresi a pensare: "È così che ci si sente quando si inizia a seguire un sogno?" Era come se il mondo intorno a me avesse deciso di allinearsi con la mia energia, come se quella scelta – semplice eppure così significativa – avesse aperto una porta che fino ad allora era rimasta chiusa. Per la prima volta dopo tanto tempo, sentii una leggerezza nuova, una speranza che non avevo osato provare.
Arrivai a casa mentre il sole cominciava a scendere dietro i palazzi, dipingendo il cielo con sfumature di rosa e arancione. Quando parcheggiai, rimasi seduta per qualche minuto, con le mani ancora sul volante. Ripensai al van, immaginandolo già trasformato: una casa mobile, un rifugio, una promessa di libertà.

Quella sera, con l'odore del van ancora impresso nelle narici e l'emozione che mi pulsava nel petto, sentii una strana tensione. Aprii la porta e trovai Daniel seduto sul divano, il solito telefono in mano. Era completamente assorto, lo sguardo fisso sullo schermo. Non si accorse subito del mio arrivo.

"Ciao," dissi, cercando di sembrare casuale mentre appoggiavo le chiavi sul mobiletto all'ingresso.

"Oh, ciao," rispose distrattamente, una scena ormai rivista. La sua voce era piatta, come se fosse solo un automatismo, qualcosa che diceva per dovere.

Mi fermai per un momento, osservandolo. Le luci soffuse della stanza accentuavano le ombre sul suo volto, dandogli un'aria stanca e distante. Era il ritratto di una routine che avevo iniziato a detestare: lui, sempre lì, con il telefono in mano, immerso in un mondo che sembrava non includermi mai davvero.

"Come è andata la giornata?" chiese, finalmente guardandomi, anche se solo per pochi secondi.

"Bene," risposi, cercando di nascondere il sorriso che minacciava di tradirmi. Non volevo dirgli di più, non ancora. Era un "bene" diverso da quello a cui era abituato, un bene che non aveva bisogno della sua approvazione.

"Che hai fatto?" insistette, appoggiando il telefono per un momento. Sembrava curioso, ma non troppo. Forse si aspettava una delle solite risposte: lavoro, supermercato, niente di importante.

Mi sedetti sulla poltrona accanto a lui, incrociando le gambe e stringendo tra le mani il mio telefono. "Ho visto un van," dissi infine, con un tono volutamente vago.

Daniel sollevò un sopracciglio, il suo interesse improvvisamente risvegliato. "Un van?" ripeté, come se non avesse capito bene. "Che tipo di van? Perché?"

"Perché voglio comprarlo," risposi, guardandolo direttamente. Sentivo il cuore accelerare, ma non era paura. Era una strana combinazione di eccitazione e sfida.

Lui rise, una risata breve e sarcastica. "E cosa te ne fai di un van? Hai deciso di diventare una camionista?"

Mi aspettavo qualcosa del genere, non mi sorpresi nemmeno nel sentire quelle parole. Respirai profondamente, cercando di mantenere la calma. "No, non voglio fare la camionista. Voglio viaggiare. Trasformarlo in una casa su ruote e partire."

Daniel scosse la testa, come se avessi detto qualcosa di assurdo. "Carolina, ma sei seria? Trasformarlo in una casa? Non hai nemmeno mai usato un trapano."

"Imparerò," risposi, stringendo le mani sui braccioli della poltrona. "Non ho bisogno di sapere tutto ora. Voglio farlo, e questo è quello che conta."

Lui si appoggiò al divano, incrociando le braccia con un'espressione che si altalenava tra incredulità e irritazione. "E poi? Cosa fai? Giri per il mondo a caso? Come pensi di mantenerti? Vendendo sogni?"

Quelle frasi mi ferirono più di quanto volessi ammettere, ma non glielo avrei mai fatto vedere. "Troverò un modo," dissi, la voce che tradiva una punta di irritazione. "Non mi servono certezze. Mi basta sapere che posso iniziare."

Il silenzio si allungò tra noi. Daniel mi fissava, e nei suoi occhi vedevo quella superiorità che tanto odiavo, come se stessi parlando di un capriccio infantile. Lui, invece, non riusciva a capire che non si trattava di un capriccio. Era la prima volta che sentivo di fare qualcosa per me stessa, senza chiedere il permesso a nessuno.

Alla fine, lui scrollò le spalle, tornando a prendere il telefono. "Fai come vuoi," disse, il tono che tradiva la sua disapprovazione. "Ma non che ti aiuti a realizzare questa fantasia inutile."

Non risposi. Non ne avevo bisogno. Quel van, quella vita, quel sogno… erano miei. E nessuno avrebbe potuto portarmeli via.

I giorni scorrevano più velocemente di quanto avrei immaginato. Con l'acquisto del van ormai deciso, un'emozione nuova si era radicata dentro di me: l'impazienza. Non vedevo l'ora che fosse consegnato, di potermi sedere al volante e iniziare la trasformazione. Era come se, per la prima volta, stessi costruendo qualcosa che fosse davvero mio. Ogni mattina mi svegliavo con un pensiero fisso: "Presto sarà qui. Presto tutto inizierà davvero."

Mi trovavo a immaginare il risultato finale nei momenti più impensati: mentre bevevo il caffè, mentre camminavo per le strade del quartiere, persino mentre ascoltavo distrattamente Daniel che parlava di argomenti che ormai non riuscivano più a coinvolgermi. Le giornate di pioggia, tipiche dell'Olanda, non avevano più lo stesso effetto opprimente. Ora vedevo il cielo grigio come un temporaneo sipario che presto si sarebbe aperto su qualcosa di luminoso.

Quando il giorno finalmente arrivò, ero già davanti alla finestra quando il furgone di trasporto parcheggiò sotto casa. Il mio van era lì, solido e reale, con i suoi graffi e la sua carrozzeria imperfetta che sembravano raccontare storie di strade già percorse. Il cuore mi batteva forte

mentre firmavo i documenti di consegna, quasi
senza ascoltare le ultime istruzioni del corriere.

Appoggiai una mano sulla carrozzeria, proprio
come la prima volta che lo vidi. "Ora siamo
insieme," pensai. Era come stringere un patto
silenzioso con il van, un accordo per iniziare un
viaggio che sarebbe stato tanto una scoperta di
luoghi quanto una riscoperta di me stessa.

Nei giorni successivi, la mia routine cambiò
completamente. Ogni momento libero era dedicato
al van. Con una lista di materiali in mano, mi
ritrovai in negozi di fai-da-te, cercando di imparare
nomi di attrezzi che non avevo mai sentito prima e
immaginando come ogni pezzo avrebbe preso
forma nello spazio vuoto del vano posteriore. La
prima volta che entrai in un negozio adibito con la
lista dei materiali in mano, mi sentii sopraffatta.
L'odore di legno fresco, mischiato a quello
pungente della vernice, riempiva l'aria. Le corsie
sembravano infinite, piene di strumenti e oggetti
che non avevo mai usato: martelli, levigatrici,
seghe circolari, ogni cosa al suo posto, ma per me
era tutto nuovo.

Presi un carrello, spingendolo con esitazione tra le
file di scaffali alti. La lista che avevo preparato
tremava leggermente nelle mie mani. Pannelli di
legno, chiodi, viti, laminato per il pavimento. Tutto

mi sembrava troppo tecnico, troppo difficile da
maneggiare.

"Serve una mano?" mi chiese un commesso, un
uomo sui sessant'anni con un grembiule verde e un
sorriso paziente.

"Sì," risposi, mostrandogli la lista. "Sto
trasformando un van in una casa mobile."

Lui alzò un sopracciglio, un misto di curiosità e
incredulità. "Ambiziosa. Da dove vuoi iniziare?"

"Dal pavimento," dissi, cercando di sembrare
sicura. "E poi vediamo."

Mi guidò verso la sezione dei pannelli di legno,
indicando quelli più resistenti ma leggeri.

"Questi sono perfetti per il pavimento. Facili da
tagliare, e non costano troppo. Ti servirà anche
della colla da parquet per fissarli. Ce l'hai già?"

Scossi la testa, cercando di memorizzare tutto
quello che diceva. "No, mi sa che mi manca anche
quella."

Mi ritrovai con un carrello pieno di pannelli,
tubetti di colla, un martello, e persino una piccola
cassetta degli attrezzi. Il commesso mi mostrò

anche una levigatrice elettrica. "Ti servirà se vuoi che il legno sia bello liscio prima di metterci il laminato."

Tornai a casa con il bagagliaio pieno, sentendomi euforica e terrorizzata allo stesso tempo. Aprii il vano posteriore del van e guardai lo spazio vuoto davanti a me. Il pavimento di gomma era sporco e segnato da anni di utilizzo. Sedendomi a terra, cominciai a toglierlo con una spatola. Ogni pezzo che veniva via era una piccola vittoria, ma anche una fatica: la colla era dura e secca, e ci vollero ore prima di rimuoverla tutta.

Man mano che lavoravo, il van cominciava a trasformarsi. L'odore del vecchio tessuto e della gomma secca lasciava spazio a quello del legno fresco, una fragranza pulita e piena di possibilità. Riuscivo a immaginare il pavimento finito, il colore chiaro che avrebbe reso lo spazio luminoso e accogliente.

"Non sapevo che fossi così pratica," mi disse il mio vicino di casa, fermandosi a guardarmi mentre lavoravo.

Alzai lo sguardo verso di lui, il viso macchiato di polvere di legno e colla. "Neanche io," risposi ridendo, asciugandomi il sudore dalla fronte con il dorso della mano. "Ma sto imparando."

Dopo che lui se ne andò, tornai al lavoro. Le mie mani scivolavano sui pannelli di legno, ruvidi e grezzi, che avevo appena iniziato a levigare. Ogni colpo della levigatrice faceva volare nell'aria una sottile polvere di legno che si posava ovunque, lasciandomi addosso l'odore di qualcosa di naturale, di nuovo. Il rumore monotono dell'attrezzo mi isolava dal mondo esterno, facendomi sentire come se quel piccolo spazio fosse un universo a sé.

Ogni tanto, mi fermavo per bere un sorso d'acqua e guardavo il lavoro fatto. C'era qualcosa di incredibilmente soddisfacente nel vedere la trasformazione: il vecchio pavimento sporco che scompariva, lasciando spazio a quella che per me avrebbe rappresentato una nuova vita. Passavo la mano sopra i pannelli appena levigati, sentendo la superficie liscia sotto i polpastrelli. Era come accarezzare un pezzo del mio futuro.

L'odore del legno si mescolava a quello della colla e della vernice che avevo appena iniziato ad aprire. Un misto pungente e dolce che riempiva il van, facendo sembrare l'aria più densa, più viva. Ogni tanto, il vento portava una brezza fresca che spazzava via la polvere, regalandomi un momento di respiro.

Mentre la luce del giorno calava, mi accorsi che l'interno del van stava diventando sempre più accogliente. Non era solo lo spazio che stava cambiando; era anche il mio stato d'animo. Lavorare con le mani, sentire il legno, l'odore della vernice, il suono degli attrezzi… tutto mi faceva sentire viva in un modo che non avevo mai provato prima.

Mi accovacciai sul pavimento per un ultimo sguardo al lavoro della giornata, osservando il cielo che si tingeva di arancione al tramonto. L'odore della natura, mescolato a quello del mio piccolo progetto, mi dava un senso di pace. Sorrisi, una cosa che stavo imparando a fare piu' spesso dopo tanto tempo. Avevo appena scoperto quanto fosse bello costruire qualcosa da zero. Non importava quanto faticoso fosse stato. Forse non era perfetto, ma era un inizio.

Il giorno seguente, tornai al negozio per comprare vernice bianca e altro laminato. Questa volta mi muovevo tra gli scaffali con più sicurezza, riconoscendo gli attrezzi e i materiali che avevo imparato a usare il giorno prima. Mi sentivo una piccola esperta in erba, con la lista mentalmente organizzata e una voglia incontenibile di mettere le mani al lavoro.

"Che colore vuoi per le pareti?" mi chiese un altro commesso, un ragazzo giovane con una chioma bionda arruffata e una targhetta con il nome "Lars". Mi stava osservando con aria curiosa mentre sfogliavo i campioni di colore.

"Bianco," risposi senza esitazione, indicando un campione lucido. "Voglio che sia luminoso, come una tela da riempire."

Lars annuì, ma il suo sorriso sembrava trattenere qualcosa. "Bianco, eh? Classico. Non è un po' noioso? Voglio dire, se è per un progetto speciale, magari un tocco di colore…"

Lo guardai alzando un sopracciglio, divertita. "Non credo che un van abbia bisogno di pareti giallo canarino."

"Mai dire mai," disse, ridendo. "Ma capisco. Ti serve qualcosa di versatile. Seguimi."

Mi guidò verso i secchi di vernice e mi consigliò un rullo facile da usare. "Questo è il migliore per superfici irregolari. Perfetto per pareti di legno." Poi, con un gesto teatrale, mi mostrò un piccolo pennello. "E questo? Indispensabile per i dettagli. Fidati, è un'arte."

"Un'arte che sto imparando giorno per giorno," risposi, cercando di non ridere. Stava rendendo l'acquisto di attrezzi un'esperienza quasi teatrale.

Presi tutto il necessario e mi diressi verso la cassa; il carrello pieno di secchi di vernice e strumenti assortiti. Nella distrazione, urtai involontariamente un altro cliente. Il secchio di vernice bianca traballò pericolosamente, e io mi lanciai per afferrarlo prima che cadesse.

"Whoa! Scusa!" disse un uomo, alzando le mani in segno di resa. Era un tipo alto e magro, con occhiali e una camicia di flanella sporca di vernice. "Non volevo interrompere il tuo momento da Bob Aggiustatutto."

Mi tirai su con il secchio in mano, cercando di non ridere. "Non ti preoccupare, sarebbe stato peggio per te. Questa vernice bianca è letale sui jeans scuri."

Lui ridacchiò. "Grazie per avermi risparmiato il disastro. Che stai costruendo? Una casa intera?"

"Qualcosa di più piccolo," risposi, lasciando cadere la battuta con nonchalance. "Sto trasformando un van in una casa mobile."

"Davvero? Interessante." Si fermò, posando il suo carrello pieno di attrezzi. "Io sto restaurando una vecchia barca. È un casino. Ti avverto, queste cose ti prendono più tempo e pazienza di quanto pensi."

"Lo immagino," dissi, sorridendo. "Ma è il mio primo progetto e… sono abbastanza entusiasta."

"Beh, se ti serve aiuto con la vernice o consigli su come far sembrare tutto professionale, puoi cercarmi." Prese un pezzo di carta dal carrello e mi porse un biglietto con il suo nome e numero. "Mi chiamo Tom."

Presi il biglietto, divertita dalla sua sicurezza. "Grazie, Tom. Spero di non dover chiamarti per un disastro."

"Oppure chiamami per un caffè," aggiunse, strizzando l'occhio.

Lo salutai con un sorriso, pensando che fosse stata una scena piuttosto bizzarra. Forse trasformare un van poteva portarmi più sorprese del previsto.

Tornai a casa con tutto l'occorrente e, quella sera stessa, cominciai a dipingere. Appoggiai il secchio di vernice sul pavimento appena levigato e presi il rullo. Quando il bianco lucido si stese sul legno grezzo, mi sembrò di vedere una trasformazione davanti ai miei occhi.

L'odore della vernice fresca riempì l'aria. Ogni pennellata era un passo verso qualcosa di nuovo. Il bianco rifletteva la luce della lampadina appesa al soffitto del van, dando l'impressione che lo spazio fosse già più grande, più accogliente.

Mi ritrovai a lavorare fino a tardi, completamente immersa. Il rumore del rullo contro il legno, l'odore forte e la luce soffusa creavano un'atmosfera che mi faceva sentire viva. Non era solo il van che stava cambiando: ero io. Ogni pennellata, ogni colpo di martello, mi avvicinava alla vita che avevo sempre desiderato.

Non fu tutto semplice. Una sera, mentre cercavo di fissare i pannelli del pavimento, mi accorsi che avevo sbagliato le misure. I bordi non combaciavano, lasciando uno spazio vuoto che sembrava gridare i miei errori. Mi fermai, appoggiandomi con le mani al pavimento grezzo e fissando quelle fessure come se potessero risolversi da sole. La frustrazione cominciò a salire, un nodo al petto che minacciava di sopraffarmi.

Respirai profondamente, cercando di calmarmi. "Non tutto deve essere perfetto," mi dissi. "Ma tutto può essere aggiustato." Quelle parole mi riportarono un po' di lucidità. Ero determinata a non lasciarmi abbattere e sorpresa dalla mia forza.

Guardai la situazione con attenzione, analizzando il problema. Le misure del pannello erano troppo grandi in un punto, troppo corte in un altro. Non c'era altra scelta: dovevo rifinirlo. Presi la levigatrice, un attrezzo che mi aveva già salvato in altre situazioni, e iniziai a limare i bordi. Il rumore vibrante riempì il van, accompagnato da una pioggia sottile di polvere di legno che si posava ovunque.

Ogni colpo della macchina richiedeva una precisione che non avevo mai esercitato prima. La superficie ruvida cominciava a diventare più liscia, più uniforme, mentre i bordi prendevano forma sotto le mie mani. Più lavoravo, più il nodo al petto si scioglieva. Non era solo un pannello di legno: era una metafora per tutto quello che stavo cercando di fare nella mia vita.

A un certo punto, la stanchezza cominciò a pesare. La levigatrice mi scivolò di mano, e una scheggia di legno si conficcò nel polpastrello. Sibilai dal dolore, guardando il sangue che cominciava a comparire. La tentazione di fermarmi, di dire "non ce la faccio" e andare a dormire, fu forte.

Mi sedetti sul pavimento, il cuore che batteva ancora per lo sforzo. Mi guardai intorno: il van era pieno di strumenti sparsi, pannelli incompleti e vernice non ancora asciutta. Non c'era ordine, non c'era bellezza, ma c'era progresso. Ogni piccolo pezzo messo insieme era un passo avanti, e quello doveva bastare.

Cercai con tutta me stessa di trasformare la frustrazione in determinazione. "Ogni cosa richiede tempo," pensai. "Se non lo fai tu, nessuno lo farà per te."

Con un cerotto sul dito e un rinnovato senso di energia, tornai al lavoro. Ripresi la levigatrice con più cautela, facendo piccoli movimenti per evitare di sbagliare di nuovo. Ogni passaggio diventava più sicuro, più preciso. Cominciai a sentire un ritmo, quasi come se stessi ballando con il legno, i miei movimenti che si adattavano alla resistenza del materiale.

Finalmente, dopo ore di lavoro, il pannello combaciò perfettamente con il resto del pavimento. Non era come quelli che guardi sui social, ma era mio. E andava bene così.

Mi sedetti sul bordo del van, come ero solita fare a fine giornata, guardando l'interno alla luce della lampada che avevo appeso temporaneamente. Proprio in quel momento capii una cosa importante: le difficoltà non erano ostacoli, ma opportunità per crescere. Ogni errore era una lezione, ogni passo falso un motivo per fermarsi e migliorare.

Mentre sistemavo gli attrezzi, sentii i passi di Daniel avvicinarsi. Si fermò sulla soglia del van, con le braccia incrociate e un'espressione sembrava quasi essere annoiata, ma allo stesso tempo incredula. "Hai passato tutta la sera qui dentro," disse, con un tono che sembrava una velata accusa. "Non ti stai stancando?"

Mi voltai verso di lui, asciugandomi le mani con un vecchio straccio. "No," risposi, con più calma di quanto mi aspettassi. "Per la prima volta, mi sento di stare facendo qualcosa che ha un senso."

Daniel mi fissò per un attimo, poi scosse la testa. "Non capisco come ti possa dare soddisfazione sprecare tempo così."

Quell'accusa questa volta non mi offese, ma mi provoco' semplicemente tristezza per lui. Non riusciva a vedere il valore in ciò che stavo facendo, ma andava bene così. Non lo stavo facendo per lui.

Quella stessa sera, mentre chiudevo le porte del van e rientravo in casa, mi resi conto di quanto fosse importante non mollare. Non era solo il pavimento del van: era ogni piccolo sogno che avevo rimandato o ignorato. Ogni difficoltà superata era una dimostrazione del fatto che potevo fare qualsiasi cosa, un passo alla volta.

Il van non sarebbe mai stato perfetto, ma non era quello lo scopo. Lo scopo era la libertà di provare, di sbagliare e di andare avanti. E, un pezzo alla volta, stavo costruendo non solo una casa su ruote, ma una nuova vita.

Dopo giorni di lavoro, il pavimento era finalmente completato. Il legno chiaro rifletteva la luce, dando al piccolo spazio un'aria calda e accogliente. Avevo dipinto le pareti e fissato i primi scaffali, semplici ma robusti, dove avrei messo libri e oggetti raccolti lungo il viaggio.

Ogni sera, dopo aver finito di lavorare, mi sedevo sul bordo del van e osservavo il risultato. Ogni piccolo dettaglio era una mia scelta, ogni imperfezione raccontava i miei sforzi. Passarono mesi ed il van iniziava a prendere vita.

Era una domenica sera, quando rientrai in casa, e Daniel era sul divano, immerso nel telefono. Era un'immagine così familiare, così ripetitiva, che per un attimo mi sentii come intrappolata in un deja vu. Lui non alzava quasi mai lo sguardo quando entravo, eppure quella volta lo fece. "Come va il tuo grande progetto?" chiese, con una nota di sarcasmo che sembrava sempre più parte del suo tono quotidiano.

Mi fermai sulla soglia, fissandolo per un momento. Le sue parole non erano nuove, ma quella sera rappresentarono tutto ciò da cui stavo cercando di scappare: una vita fatta di giudizi velati e sogni soffocati.

"Va bene," risposi, senza lasciarmi provocare.
"Sai, Daniel, sto facendo una cosa che mi fa
sentire viva" provai a spiegare.

Lui sbuffò, un gesto che ormai conoscevo fin
troppo bene. Tornò a guardare il telefono,
scorrendo distrattamente il display. "Sei tu quella
che si sporca le mani. Non capisco perché tu debba
complicarti la vita così tanto."

Per un istante, quello stesso uomo che avevo scelto
come compagno fu in grado di farmi vacillare. Era
sempre stato bravo a insinuare quel dubbio, quella
voce interiore che sussurrava: "E se avesse
ragione?" Ma quella sera mi feci forza, qualcosa
dentro di me era diverso.

"Non si tratta di complicarla," dissi,
appoggiandomi alla cornice della porta. "Si tratta
di darle un significato."

Mentre lo guardavo tornare a immergersi nel suo
mondo virtuale, una sensazione che avevo ignorato
per troppo tempo mi colpì come un pugno. Mi
sentivo invisibile. Non solo quella sera, ma da
mesi, forse anni. Era come se fossi un'ombra nella
sua vita, qualcosa che c'era ma che non faceva la
differenza.

Quante volte avevo cercato di raccontargli i miei sogni, le mie idee, e avevo ricevuto in cambio solo commenti sminuenti o, peggio, silenzi? Quante volte avevo aspettato un incoraggiamento, un "ce la farai", ma al suo posto era arrivato solo un'alzata di spalle?

Ma in quel momento, quell'invisibilità non mi fece male. Non più. Perché capii che non avevo bisogno di lui per sentirmi viva. Non avevo bisogno della sua approvazione o del suo sostegno. Tutto quello che mi serviva era già dentro di me.

Mi voltai verso la finestra, guardando le luci della strada che scintillavano contro il vetro. Non potevo cambiare il modo in cui Daniel mi vedeva, ma potevo cambiare il modo in cui io vedevo me stessa.

Per anni avevo costruito la mia vita intorno a ciò che gli altri si aspettavano da me, cercando di essere una versione di me stessa che fosse abbastanza per loro. Ma cosa significava essere "abbastanza"? Chi decideva il valore di ciò che facevo?

Mi risposi con un pensiero semplice ma potente: "Lo decido io."

Quella forza improvvisa non era in qualcosa che avevo trovato fuori, ma in ogni piccolo gesto di fiducia che avevo fatto per me stessa: ogni pannello levigato, ogni pennellata sul legno, ogni scelta di non mollare nonostante le difficoltà.

Mi voltai di nuovo verso Daniel, che non si accorse nemmeno della mia presenza.
L'invisibilità che avevo temuto per tanto tempo ora sembrava una benedizione. Mi permetteva di essere libera, di costruire qualcosa senza aspettare che qualcuno lo vedesse o lo approvasse.

Sulla strada della libertà

Man mano che il van prendeva forma, le distanze tra me e Daniel si facevano sempre più evidenti. Era come se parlassimo lingue diverse, ogni giorno sempre più incomprensibili. Lui, immerso nella sua routine, sembrava infastidito dal fatto che io stessi rompendo la mia. Io, invece, stavo scoprendo quanto mi facesse male vivere accanto a qualcuno che non condivideva il mio entusiasmo, che non mi chiedeva mai: "Come ti senti?" perche' davvero interessato alla risposta.

Una sera, mentre cenavamo, il rumore delle posate contro i piatti riempiva la stanza. Era un silenzio pesante, quello che accompagna due persone che non hanno più nulla da dirsi. Ogni boccone sembrava una fatica, non solo per lo stomaco, ma per il cuore.

"Daniel," iniziai, posando la forchetta con un gesto lento. La voce mi tremava appena, ma non abbastanza da farmi desistere. "Credo che sia meglio se ci separiamo."

Lui alzò gli occhi dal piatto, finalmente rompendo quel muro di silenzio. "Cosa?" chiese, come se non avesse sentito bene. Ma il tono non era di dolore o sorpresa, era di incredulità.

"Non credo che questa relazione funzioni più," dissi, cercando di mantenere un tono calmo, nonostante il nodo che sentivo in gola.

Daniel posò lentamente la forchetta, incrociando le braccia. "Quindi tutto questo… è per il van?" Il suo sguardo era freddo, le sue parole taglienti. "Lasci me per un furgone? È questo il tuo grande progetto di vita?"

Scossi la testa, cercando di non lasciarmi sopraffare dalla rabbia che sentivo crescere dentro di me. "Non è per il van. È per me. È per tutto ciò che non ho mai avuto il coraggio di fare, perché ho sempre messo gli altri davanti a me stessa. È per tutti i sogni che ho ignorato."

"Quindi è colpa mia?" chiese, il tono improvvisamente tagliente. "Io ti ho trattenuta? Io ti ho impedito di fare i tuoi 'grandi sogni'?"

"No, Daniel," risposi con fermezza. "Non è colpa tua. Ma tu non capisci, e non vuoi capire. Ogni volta che ho provato a condividere con te una parte di me, mi hai fatto sentire stupida, piccola. Come se ciò che desidero non avesse importanza."

Lui rise amaramente, una risata breve e fredda. "Carolina, tu vivi nelle nuvole. Questo van, questo 'sogno di libertà'... è solo un capriccio. Ti stancherai. Tornerai alla realtà."

Non mi fece nessun effetto ascoltarlo. Non c'era più paura, non c'era più il dubbio.

"Non voglio tornare alla tua realtà," dissi infine, la voce calma ma decisa. "Perché non è la mia. E non voglio passare la vita a chiedermi come sarebbe stato se avessi avuto il coraggio di scegliere me stessa."

Lui mi fissò per un lungo momento, come se stesse cercando di trovare qualcosa da dire che potesse farmi cambiare idea. Ma non disse nulla. Alla fine, annuì lentamente, con un'espressione che oscillava tra l'amarezza e l'ego ferito. "Fai quello che vuoi," disse, alzandosi dal tavolo. "Ma non aspettarti di trovarmi quando tutto questo fallirà."

Lo guardai andare via, lasciando il piatto ancora mezzo pieno. In quel momento, non provai rabbia. Provai solo una grande libertà.

Quando rimasi sola nella stanza, la sensazione di vuoto che mi aveva accompagnata per tanto tempo sembrava svanita. Mi guardai intorno e mi accorsi che quel silenzio non era più pesante, ma leggero. Era il silenzio di una nuova possibilità.

Il van, ancora parcheggiato sotto casa, era più di un mezzo. Era un simbolo, un punto di partenza.

Non sapevo esattamente cosa mi aspettasse. Non avevo certezze, ma non importava. Per la prima volta, avevo scelto me stessa. E questo bastava.

La decisione di lasciare il lavoro arrivò con la stessa calma con cui si scivola fuori da un vecchio abito ormai stretto. Non fu un gesto impulsivo, ma piuttosto una consapevolezza che si era radicata lentamente, giorno dopo giorno. Quel lavoro, che un tempo rappresentava stabilità, era diventato una gabbia. Entrai nell'ufficio quella mattina con un misto di sollievo e malinconia. L'aria aveva il solito odore familiare: una miscela di caffè stantio, toner della stampante e un vago sentore di detergente per pavimenti. Era un odore che avevo imparato a ignorare, ma che ora sembrava così evidente, così estraneo. Quell'ambiente, che un tempo consideravo parte della mia quotidianità, ora mi sembrava soffocante, una gabbia fatta di routine.

Attraversai il corridoio con passi lenti, lasciando che gli occhi vagassero sui dettagli che avevo visto mille volte: le pareti grigie decorate con poster aziendali, le piante finte negli angoli e la luce artificiale che illuminava tutto con un pallore impersonale. Non vedevo l'ora di non dover più sopportare tutto questo.

Raggiunsi la mia scrivania, posando la borsa sulla sedia. I colleghi erano già al lavoro, seduti davanti ai loro schermi, con le mani che scorrevano rapide sulle tastiere. Il ticchettio incessante dei tasti riempiva l'aria, accompagnato dai mormorii di conversazioni telefoniche e dal ronzio delle macchine del caffè.

Guardai il monitor del mio computer, con la solita schermata di login che mi accoglieva ogni mattina. Era un'immagine che non mi sarebbe mancata. Aprii il cassetto della scrivania, tirando fuori la lettera di dimissioni che avevo piegato con cura la sera prima. Sentii un brivido di emozione mentre la tenevo tra le mani.

Quando bussai alla porta del mio capo, sentii il cuore battere più forte. Non era paura, era consapevolezza: stavo per chiudere un capitolo.

"Prego, entra," disse, alzando lo sguardo dal computer. Il suo ufficio aveva lo stesso odore di sempre, una combinazione di pelle dei mobili, carta e aria condizionata che mi aveva sempre dato un senso di freddezza.

Consegnai la lettera senza dire nulla, aspettando la sua reazione. Il suo sguardo passò dal foglio a me, sorpreso, ma non del tutto impreparato.

"È una scelta coraggiosa," disse, dopo un lungo silenzio. La sua voce era neutra, ma c'era una punta di rispetto che non mi aspettavo. "Ma se è quello che vuoi, ti auguro il meglio."

Le sue parole risuonarono più sincere di quanto mi aspettassi. Annuii, senza sentire il bisogno di giustificarmi. Non dovevo più spiegare a nessuno perché avevo scelto di cambiare strada. Sapevo che era la decisione giusta.

Tornai alla mia scrivania con una leggerezza nuova. Guardai la pila di documenti da archiviare, le e-mail non ancora aperte, e mi resi conto che tutto ciò non aveva più alcun peso su di me. Era come se quei compiti, quelle scadenze, appartenessero a qualcun altro.

Un collega si avvicinò con il suo solito sorriso stanco. "Ehi, caffè alla macchinetta?"

"No, grazie," risposi, accennando un sorriso. Sapevo che quella sarebbe stata una delle ultime conversazioni superficiali che avrei avuto in quell'ufficio. E non mi dispiaceva.

Mentre raccoglievo le mie cose a fine giornata, mi fermai un attimo per osservare il panorama dalla grande finestra accanto alla mia scrivania. Le strade trafficate, le biciclette che passavano in fila, il cielo grigio che copriva tutto con il suo velo uniforme. Non era un brutto panorama, ma mi sembrava spento, privo di vita.

In quel momento, seppi che non avrei mai rimpianto questa scelta. Stavo lasciando tutto ciò che conoscevo per qualcosa di sconosciuto, ed era esattamente quello di cui avevo bisogno.

Negli ultimi giorni prima di partire, mi trovai immersa nei dettagli pratici, eppure ogni gesto sembrava carico di significato. Ogni oggetto che mettevo nel van era come un tassello di vita che si spostava da un passato statico a un futuro pieno di possibilità.

Posai lo scaffale per i libri in un angolo, cercando di fissarlo con cura. Ogni ripiano era vuoto, ma nella mia mente era già pieno di volumi raccolti lungo la strada: guide di viaggio, diari personali, romanzi letti sotto cieli diversi. Mentre regolavo le viti per renderlo stabile, mi chiedevo quali storie avrei trovato e quali storie avrei vissuto.

Accanto al letto, sistemai un piccolo fornello portatile. La superficie in acciaio rifletteva la luce fioca del tramonto che entrava dal portellone posteriore. Lo immaginai acceso, con il bollitore sopra, e il profumo di caffè che si mescolava con l'aria fresca di una mattina in montagna o su una spiaggia sconosciuta. Era un'immagine così viva che per un attimo mi sembrò di sentirlo davvero, quel profumo.

Sul letto, distesi una coperta calda, color crema, con una trama spessa che mi ricordava le serate invernali passate sotto il plaid. Posai un cuscino semplice, morbido, pensando a tutte le notti in cui quel piccolo rifugio sarebbe stato la mia casa, il mio posto sicuro.

Mi inginocchiai per sistemare una scatola sotto il letto. Conteneva utensili da cucina, un piccolo set di piatti e posate che avevo scelto con attenzione. Ogni oggetto era pratico, ma anche esteticamente piacevole, come se volessi ricordare a me stessa che anche nella semplicità c'è bellezza.

Sistemai anche una piccola lampada a LED sullo scaffale sopra il letto, immaginando come avrebbe illuminato le pagine di un libro nelle notti più buie. L'idea di avere uno spazio tutto mio, per quanto piccolo, mi riempiva di una calma che non provavo da tempo.

Ogni cosa sembrava simbolica. Stavo costruendo un ponte tra ciò che ero stata e ciò che stavo diventando. Ogni oggetto che posavo, ogni centimetro che cercavo di ottimizzare, parlava del desiderio di leggerezza, di libertà.

Quando posai una piccola piantina in un vaso di ceramica sul cruscotto, un'idea che mi era venuta sfogliando articoli di viaggiatori come me, sentii un sorriso salirmi spontaneo sulle labbra. "Anche tu verrai con me," dissi piano, come se quella pianta potesse davvero ascoltarmi.

Stavo sistemando l'ultima scatola, quando mi fermai per un momento, seduta, come mio solito, sul bordo del van. Il portellone aperto lasciava entrare l'aria fredda della sera, carica dell'odore di pioggia recente. Osservai le luci delle case intorno a me: stabili, rassicuranti, ma prive di quell'avventura che avevo iniziato a desiderare con tutta me stessa.

Guardai lo spazio che avevo creato: il pavimento chiaro, le pareti bianche, i piccoli dettagli che raccontavano già chi ero. Quella che da li a poco sarebbe stata la mia nuova casa era, allo stesso tempo, una dichiarazione di indipendenza, un simbolo di chi avevo deciso di diventare.

Sapevo che ogni mattina in quel van sarebbe stata diversa, e quella prospettiva mi faceva sentire finalmente viva.

La mattina della partenza era fredda, con l'aria tagliente che mi pizzicava il viso mentre caricavo le ultime cose nel van. Daniel non c'era. Se n'era andato due giorni prima, portando via le sue cose e lasciando dietro di sé un silenzio che ormai mi piaceva definire liberatorio.

Mi fermai davanti alla porta di casa per un momento, osservando quel luogo che avevo abitato per anni. Non c'era nostalgia, solo una lieve malinconia per la persona che ero stata quando avevo varcato quella soglia per la prima volta.

Quando salii sul van quella mattina, il mio cuore batteva così forte che sembrava voler rompere il silenzio. Il sedile ruvido sotto di me era familiare, ma tutto il resto aveva un sapore completamente nuovo. Appoggiai le mani sul volante, osservando i dettagli consumati dal tempo: i bordi leggermente scoloriti, la texture vissuta della plastica.

Accesi il motore, e il ruggito basso del motore riempì l'abitacolo. Era un suono imperfetto, ma aveva in sé una promessa: quella di portarmi via, lontano da tutto ciò che conoscevo. Respirai profondamente e accelerai.

Mentre il van iniziava a muoversi, guardai per un'ultima volta la strada che avevo percorso ogni giorno per anni. Le case dai mattoni rossi, tutte uguali, sfilavano lentamente mentre il motore aumentava il ritmo. Sapevo che non sarei più tornata. Quella consapevolezza mi travolse per un momento, facendomi stringere il volante con più forza.

Ogni angolo del quartiere raccontava una storia che avevo vissuto, ma che non mi apparteneva più. Il panificio all'angolo, con il profumo di pane caldo che mi aveva accompagnata nelle mattine più difficili; la fermata dell'autobus dove avevo aspettato sotto la pioggia, sperando di trovare qualcosa di meglio; il lampione davanti casa, che illuminava le serate buie quando rientravo stanca. Tutto questo ora svaniva dietro di me, come un paesaggio visto attraverso un finestrino appannato.

Quando imboccai l'autostrada, il paesaggio cambiò. Le distese verdi dei campi olandesi si allungavano fino all'orizzonte, punteggiate da mulini a vento e alberi spogli che sembravano indicare la strada. Il cielo era insolitamente limpido, di un azzurro tenue che si fondeva con il bianco delle nuvole lontane. Il sole, timido ma presente, illuminava tutto con una luce dorata che sembrava dipingere il mondo di speranza.

Il vento filtrava dalle piccole fessure del van, portando con sé l'odore fresco dell'erba bagnata e della terra. Ogni respiro era come una boccata di vita nuova, di adrenalina pura.

La sensazione di lasciare tutto alle spalle era travolgente: un misto di paura e libertà, di eccitazione e malinconia. Ogni chilometro che percorrevo mi avvicinava a qualcosa di sconosciuto, ma in qualche modo familiare, come se stesse sempre aspettando me.

Guardai nello specchietto retrovisore per un attimo. La città, con le sue strade strette e le luci dei lampioni ancora accese, si rimpiccioliva sempre di più. Mi resi conto che non provavo dolore, né rimpianto. Provavo solo una profonda leggerezza. Era come togliersi un cappotto troppo stretto, come aprire una finestra in una stanza soffocante.

Davanti a me, la strada sembrava infinita. Ogni chilometro era un capitolo nuovo, ogni curva una possibilità.

Appoggiai una mano sul cruscotto, come per rassicurare me stessa e il van. "Siamo noi due, adesso," sussurrai piano. "Andrà tutto bene." Non era una certezza, ma una promessa. E per la prima volta, quella promessa non mi spaventava.

L'odore di libertà era reale, fatto di erba fresca, vento e sogni che cominciavano finalmente a respirare. Guardai avanti, verso l'orizzonte, e sorrisi. Non importava quanto lontano sarei arrivata, o cosa avrei trovato lungo il cammino. Avevo scelto me stessa, e questo era tutto ciò di cui avevo bisogno. Cosi, con il van che scivolava sull'asfalto, ad un semaforo rosso aprii la cartina che avevo posato sul sedile accanto. Le linee sottili e i nomi delle città si intrecciavano come i fili di una ragnatela infinita, ogni luogo un'opportunità, ogni percorso una storia da vivere. Fissai la cartina con un sorriso che cresceva sempre di più. Non avevo un piano preciso, solo una direzione: avanti.

Riposi la cartina con cura e strinsi di nuovo il volante. "Sono pronta," sussurrai a me stessa. Era la prima volta che lo dicevo, ed era la prima volta che ci credevo davvero. Il futuro non era più un'ombra che mi spaventava. Era un'idea che mi elettrizzava.

Il semaforo diventò verde, e con un respiro profondo, premetti l'acceleratore. Con la cartina in mano e il mondo davanti a me, ero finalmente pronta al futuro.

Nonostante l'entusiasmo iniziale, vivere nel van mi mise presto alla prova. Le comodità che avevo sempre dato per scontate, come una doccia calda o un letto stabile, erano diventate beni preziosi e rari. Ogni giorno sembrava una lezione su come adattarmi e trovare soluzioni creative a problemi che non avevo mai immaginato.

La prima notte fredda fu particolarmente dura. Il riscaldamento non funzionava come previsto, e non avevo pensato a un modo efficace per isolare il van. Mentre cercavo di montare le tende interne per un po' di privacy, mi accorsi che una delle staffe si era piegata. Tentai di raddrizzarla con le mani, ma finii solo per graffiarmi il palmo. Stremata e con l'aria gelida che sembrava infilarsi ovunque facendomi rimpiangere il calore sicuro delle mura di una casa, mi sedetti sul letto, avvolta in coperte che sembravano non bastare mai, fissai il soffitto e lasciai che le lacrime scorressero.

"Che sciocchezza ho fatto?" mi chiesi, la voce tremante non solo per il freddo, ma per il dubbio che stava cercando di farsi spazio. Eppure, nel profondo, sapevo che non potevo arrendermi. Chiusi gli occhi e mi addormentai interdetta, pensando alle parole di Daniel: "il tuo e' solo un capriccio, non contare su di me nel momento del bisogno".

Il giorno successivo, con il sole finalmente alto nel cielo, mi rimisi al lavoro per migliorare la situazione. Non sarebbero state quelle difficolta' e soprattutto le parole di Daniel, ormai radicate in me dopo averle sentite per cosi' tante volte, a fermarmi.

Andai in un piccolo negozio di ferramenta in un paese vicino e acquistai pannelli isolanti e del nastro adesivo resistente al freddo. Tornata al van, mi armai di forbici e pazienza e iniziai a sistemare le pareti interne. Non venne egregiamente, ma quando la notte arrivò, l'aria all'interno sembrava già più calda e meno ostile.

Anche le difficoltà con il portellone posteriore e le tende interne mi insegnarono qualcosa. La staffa piegata non era recuperabile, ma dopo aver parlato con il proprietario del negozio di ferramenta, trovai una soluzione creativa: una barra telescopica regolabile che poteva fungere da supporto provvisorio. Tornata al van, la installai con cura, e per la prima volta quella sera mi sentii davvero protetta nel mio piccolo spazio.

Il van stesso, che avevo imparato ad amare, era spesso la fonte delle sfide più grandi.

Un altro giorno, il motore non volle accendersi. Dopo diversi tentativi falliti, capii che la batteria era completamente scarica perché avevo lasciato accese le luci interne per tutta la notte. Un errore banale, che mi fece sentire stupida e impreparata.

Chiesi aiuto a un uomo che passava di lì, un signore anziano con una vecchia bicicletta carica di borse. "Hai i cavi per la batteria?" mi chiese, con un tono calmo che mi rassicurò subito.

Glieli mostrai, e lui si mise al lavoro con gesti esperti. "Prima lezione," disse ridendo, "mai fidarsi delle luci del van. Ti svuotano la batteria in un attimo."

Quando il motore riprese vita, mi ringraziò per la conversazione, salutò e riprese la sua strada. Quel piccolo episodio mi lasciò qualcosa di più grande di una batteria carica: la consapevolezza che l'aiuto arriva anche quando meno te lo aspetti.

Con il passare dei giorni, imparai a gestire meglio le difficoltà. Le notti fredde si fecero meno rigide grazie a un sistema di coperte e una bottiglia di acqua calda che scaldavo sul fornello. Il van, pur con i suoi limiti, cominciava a somigliare sempre di più a una casa.

Quando una sera riuscii finalmente a cucinare un pasto caldo senza intoppi, mi sedetti sul letto con il piatto in mano e mi resi conto di quanto fossi fiera di me stessa. Non era solo il cibo: era la prova che potevo farcela, che ogni difficoltà era solo un ostacolo temporaneo.

Le difficoltà iniziali mi insegnarono che ogni viaggio è fatto di momenti di incertezza, ma anche di soluzioni che arrivano quando meno te lo aspetti. Ogni piccolo traguardo raggiunto mi avvicinava al sogno di un viaggio più grande, più lontano.

Fu proprio durante una di quelle sere che, seduta con la mappa stesa sul tavolino, cominciai a pensare che se fino ad ora ero riuscita a superare tutto questo, avrei potuto affrontare anche il resto. Nessun limite avrebbe fermato la mia voglia di avventurarmi. Nonostante le difficoltà dei primi giorni, un pensiero iniziava a farsi strada nella mia mente. Non mi bastava esplorare il mio continente. Avevo un sogno più grande, qualcosa che sembrava impossibile ma incredibilmente affascinante: raggiungere l'Oriente. Il Giappone, in particolare, mi chiamava come una sirena. Immaginavo i templi immersi nei giardini, le strade animate di Tokyo e il silenzio delle foreste di bambù.

Così cercai di capire come trasformare questo sogno in realtà. Dall'Olanda, era possibile arrivare in Giappone via terra e mare? Sembrava una sfida enorme, ma non impossibile.

Dopo alcune ricerche, scoprii che un percorso via terra era fattibile, anche se lungo e pieno di ostacoli. L'idea mi riempiva di adrenalina e il piano cominciò a prendere forma: attraversare l'Europa orientale, passando per Germania, Polonia e Ucraina, per poi entrare in Russia. Percorrere la Transiberiana in versione "on the road", viaggiando attraverso vaste distese di terra fino a Vladivostok, il punto più orientale della Russia.

Imbarcarsi su un traghetto da Vladivostok a Sakaiminato, in Giappone, un collegamento relativamente semplice ma che rappresentava una transizione fondamentale.

Ogni tappa del viaggio sarebbe stata un'avventura in sé. Ogni paese attraversato avrebbe aggiunto un capitolo unico alla storia.

L'idea mi entusiasmava, ma sapevo che sarebbe stata necessaria una preparazione accurata. Dal van al percorso, ogni dettaglio doveva essere studiato.

Gli errori passati mi facevano sentire piu' preparata, adesso ero consapevole di molte piu' cose.

Il van: Doveva essere pronto per affrontare lunghi tratti in condizioni climatiche diverse. Mi assicurai di avere pneumatici invernali e mi annotai di controllare il riscaldamento e procurarmi un generatore portatile per l'energia.

Documenti e visti: La Russia e altri paesi richiedevano visti, e la burocrazia sarebbe stata una sfida. Trascorsi alcune serate con il computer, leggendo blog di altri viaggiatori che avevano affrontato percorsi simili e mi attivai affinché le mie carte fossero tutte in regola.

Rotte e soste: Disegnai un itinerario provvisorio, segnando le città principali e i luoghi dove avrei potuto fermarmi per rifornimenti, riposo e, soprattutto, esperienze indimenticabili.

Budget: Calcolai quanto avrei speso per carburante, cibo e visti, risparmiando il più possibile su alloggi grazie al van.

Con il piano tracciato, il viaggio verso Oriente non sembrava più un'idea lontana, ma una realtà che potevo raggiungere. La mia mappa, con le sue linee e annotazioni, era diventata una promessa.

Ogni notte che trascorrevo nel van, ogni tramonto che osservavo, mi ricordava perché avevo scelto questa vita.

Quella sera, parcheggiai il van lungo le rive del fiume Waal, vicino alla città di Nijmegen. Il fiume era calmo, con le sue acque scure che riflettevano il cielo, ormai tinto di rosa e arancione. Intorno a me, la natura sembrava trattenere il respiro: gli alberi lungo le rive ondeggiavano leggermente alla brezza della sera, e il canto degli uccelli si mescolava al suono lieve dell'acqua che lambiva la riva.

Mentre scendevo dal van, sentii il terreno morbido sotto i piedi, un mix di erba fresca e terra umida. L'odore del fiume era intenso, profumava acqua dolce, alghe e la fragranza di piante selvatiche che crescevano rigogliose lungo il bordo. Mi fermai per un momento, inspirando profondamente, come se quel profumo potesse riempirmi di energia.

Mi sedetti su una roccia piatta vicino alla riva, guardando il sole che si abbassava lentamente all'orizzonte. Le acque del Waal si tingevano di colori cangianti, mentre qualche barca passava lenta, tracciando sottili scie che si dissolvevano in pochi istanti.

Dietro di me, il van sembrava quasi parte del paesaggio. Le sue linee semplici e i colori neutri si fondevano con la natura circostante, come se fosse sempre stato lì. Sentii il leggero cigolio di una cicala nascosta tra le erbe, e per un attimo tutto sembrava perfettamente al suo posto.

Aprii la mappa sul tavolino del van, lasciando che la luce dorata del tramonto illuminasse i nomi delle città e le strade che si intrecciavano tra di loro. Con il dito, tracciavo una linea immaginaria che si estendeva fino a trovare il Giappone, piccolo ma irresistibilmente vicino al mio cuore.

Il pensiero di attraversare tutti quei confini, di percorrere chilometri su chilometri, mi dava un brivido di eccitazione. Non era solo il viaggio in sé, ma ciò che rappresentava.

Prima che il buio cadesse del tutto, uscii di nuovo dal van e mi sedetti sulla soglia del portellone posteriore. La luce del sole, ormai bassa, lasciava spazio a una penombra morbida, mentre il fiume rifletteva le prime luci delle barche ormeggiate poco più avanti.

Inspirai ancora una volta l'odore del fiume, ascoltando il suono del vento tra gli alberi e il lieve sciabordio dell'acqua. In quel momento, mi resi conto che ogni difficoltà affrontata fino ad allora mi aveva portata lì, a quella sera, su quella riva.

"Se posso arrivare fino qui, posso arrivare ovunque," dissi piano, lasciando che quelle parole si imprimessero nella mia mente. Il futuro non mi spaventava più. Era un viaggio che avevo scelto, e ogni chilometro verso Oriente sarebbe stato un capitolo della vita che avevo sempre desiderato.

Rientrai nel van, accesi una piccola luce che illuminò l'interno con un bagliore caldo e rassicurante. Presi la mappa e la piegai con cura, posandola sul cruscotto. Era il simbolo del viaggio che mi aspettava, un viaggio che non era più solo un sogno. Non importava quanto lungo o impegnativo sarebbe stato il percorso: ero pronta a percorrerlo.

Con un ultimo sguardo al cielo, dissi piano a me stessa: "Andiamo. Il mondo ci aspetta.

Il fiume Waal sembrava salutarmi mentre mi allontanavo, con le sue acque che brillavano sotto i primi raggi del sole. Le rive erano decorate da un mosaico di erba alta e piccoli fiori selvatici dai colori vivaci: gialli, viola, bianchi. Le barche lente che scivolavano sull'acqua tracciavano cerchi che si dissolvevano in onde delicate, come se anch'esse volessero dirmi addio.

L'aria fresca del mattino entrava dal finestrino socchiuso, portando con sé l'odore pungente della natura appena sveglia: terra umida, legno, e quel leggero sentore di alghe tipico dei corsi d'acqua. Sentii un brivido corrermi lungo la schiena, non per il freddo, ma per l'emozione che cresceva a ogni chilometro percorso.

Attraversai i Paesi Bassi seguendo strade che sembravano disegnate per abbracciare il paesaggio. Pianure verdi a perdita d'occhio, punteggiate da mucche al pascolo e da mulini a vento che si stagliavano fieri contro il cielo limpido. Ogni tanto, superavo piccoli villaggi con case dai tetti rossi e finestre incorniciate da tende bianche. L'odore di pane fresco proveniva dai forni locali, mescolandosi al suono delle biciclette che attraversavano tranquille le strade acciottolate.

Quando entrai in Germania, il paesaggio cominciò a cambiare. Le pianure olandesi lasciarono il posto a colline dolci, coperte da vigneti che si arrampicavano come scale verdi verso il cielo. Nella Valle del Reno, la strada seguiva il corso del fiume, che scintillava sotto il sole del pomeriggio. Castelli medievali si ergevano fieri su alture rocciose, come antichi guardiani di un passato mai dimenticato.

Mi fermai a una piazzola panoramica per ammirare il paesaggio. Sotto di me, il Reno scorreva maestoso, riflettendo il cielo azzurro e le nubi bianche che passavano lente. Intorno, i vigneti sembravano onde verdi che danzavano al vento, e l'aria era carica del profumo dolce delle uve mature.

La mia prossima sosta fu a Heidelberg, una città che sembrava uscita da un libro di fiabe. Le torri del castello in cima alla collina si riflettevano sul fiume Neckar, che scorreva lentamente tra le rive alberate. Attraversai il ponte vecchio, le cui pietre consumate raccontavano storie di secoli passati, e sentii sotto i piedi il calore del sole che scaldava l'acciottolato.

L'aria era satura di profumi: il caffè tostato che usciva dai piccoli bistrot, il dolce aroma delle pasticcerie che esponevano torte alle mele e pane speziato. Passeggiai per le strade strette del centro

storico, osservando le facciate delle case color
pastello decorate con gerani rossi e bianchi.

Proseguendo verso sud, mi addentrai nella Selva
Nera, un luogo che sembrava uscito da un racconto
di Grimm. Gli alberi alti e fitti formavano una
volta naturale che filtrava la luce, creando un gioco
di ombre che danzavano sul terreno. Il profumo del
muschio e delle foglie bagnate riempiva l'aria,
mentre il suono dei ruscelli nascosti tra la
vegetazione accompagnava il mio cammino.

Mi fermai in un piccolo villaggio immerso nel
cuore della foresta. Le case, con i tetti spioventi e
le facciate di legno intagliato, sembravano
raccontare storie antiche. Il fumo che usciva dai
camini portava con sé l'odore di legna bruciata, e
l'intera scena era così pittoresca che mi sembrava
quasi irreale.

Vidi una locanda lungo la strada, decisi che
qualcosa di caldo mi avrebbe fatto piacere. La
locanda era piccola, con un'insegna di legno che
oscillava dolcemente al vento. All'interno, il calore
del camino accogliente contrastava con l'aria
frizzante della Selva Nera, e l'odore di cioccolata
calda e spezie riempiva la stanza. Mi sedetti a un
tavolo vicino alla finestra, il panorama della
foresta visibile appena oltre il vetro appannato.

Accanto a me c'era un gruppo di viaggiatori. Il più loquace era un uomo di mezza età con una barba folta e occhi brillanti, che sembrava aver vissuto mille vite. Aveva un accento difficile da identificare, un mix di lingue che si intrecciavano come i fili di un tappeto. Quando notò che li stavo ascoltando, mi invitò a unirmi a loro con un gesto caloroso.

"Sei una viaggiatrice solitaria?" mi chiese, spostando la sedia accanto alla mia.

"Più o meno," risposi, un po' imbarazzata. "Sono all'inizio di questo viaggio. Sto cercando… qualcosa."

Rise, una risata profonda e contagiosa. "Ah, la grande ricerca! Ma non sai mai cosa cerchi davvero, finché non lo trovi per caso."

Mi raccontò che viveva nel suo camper da oltre dieci anni, viaggiando senza meta. "Non ho mai pianificato nulla," disse, sorseggiando la sua cioccolata calda. "La strada ti insegna che i piani sono sopravvalutati. Spesso è nei momenti imprevisti che trovi le cose più preziose."

Un altro viaggiatore, un ragazzo francese che si guadagnava da vivere suonando la chitarra, aggiunse con un sorriso: "Come quella volta che la mia ruota si bucò nel bel mezzo del nulla. Ho pensato che fosse la fine del viaggio, ma poi è arrivato un contadino con un vecchio trattore e una bottiglia di vino. Ho passato due giorni con lui e la sua famiglia, e sono stati i due giorni più belli della mia vita."

Mentre ridevamo di quelle storie, l'uomo con la barba si voltò verso di me, il suo sguardo improvvisamente serio ma gentile. "Sai qual è la cosa più importante che ho imparato in tutti questi anni?"

Scossi la testa, curiosa.

"Che non c'è una destinazione perfetta. La felicità non è qualcosa che trovi alla fine del viaggio, ma qualcosa che crei lungo il cammino."

Quelle parole mi colpirono profondamente. Mi resi conto che ero partita con l'idea di trovare qualcosa di preciso, una sorta di rivelazione. Ma forse, il viaggio stesso era la risposta.

"E comunque," aggiunse il ragazzo con la chitarra, rompendo il silenzio riflessivo, "un altro consiglio: mai, e dico mai, lasciare il cibo incustodito nel tuo van. Una volta ho trovato una famiglia di procioni che faceva festa con il mio formaggio."

Scoppiammo tutti a ridere, e il suono delle nostre risate riempì la stanza, mescolandosi al crepitio del fuoco. In quel momento, sentii un calore che non veniva solo dal camino o dalla cioccolata calda, ma dalla connessione con quelle persone, dalla condivisione di esperienze che trascendevano le parole.

Quando ci salutammo e tornai al van, le parole di quell'uomo continuarono a risuonarmi in testa. "La felicità non è qualcosa che trovi alla fine del viaggio, ma qualcosa che crei lungo il cammino."

Mi sedetti al volante, osservando le ombre della foresta che danzavano sotto la luce della luna. Forse non avevo ancora tutte le risposte, ma una cosa era certa: ogni chilometro che percorrevo, ogni persona che incontravo, aggiungeva un pezzo al puzzle della mia vita.

Passai la notte in un piccolo rifugio e di buon mattino decisi di incamminarmi nuovamente. L'aria era fresca e il sole filtrava tra le cime degli alberi, disegnando giochi di luce sul terreno. Il motore del van ruggiva dolcemente, e io mi sentivo carica di una nuova energia.

Seguii una strada tortuosa che serpeggiava attraverso colline sempre più alte, dove i boschi si alternavano a prati che sembravano scintillare sotto il sole. Ogni curva offriva una vista mozzafiato: piccoli ruscelli che correvano giù dalle rocce, campanili lontani che spuntavano tra gli alberi, e casette di legno con i tetti spioventi coperti di muschio.

Nel primo pomeriggio arrivai in un piccolo villaggio ai piedi delle montagne di Zakopane, nel sud della Polonia. La vista era fiabesca: chalet in legno con balconi decorati da vasi di gerani rossi, mucche che pascolavano nei prati, e bambini che correvano tra i campi. Sullo sfondo, le vette dei Monti Tatra si stagliavano contro un cielo limpido, ancora punteggiate di neve nonostante fosse ormai primavera.

Decisi di fermarmi per una breve pausa. Mi fermai accanto a una piazza dove una piccola fontana gorgogliava allegramente, circondata da anziani che chiacchieravano e da venditori che esponevano miele, formaggi e souvenir intagliati nel legno. Comprai un pezzo di oscypek, il famoso formaggio affumicato locale, e mi sedetti su una panchina per assaporarlo. Il sapore intenso e salato si sposava perfettamente con l'aria fresca di montagna. All'improvviso un'ombra attraversò il mio campo visivo. Mi girai e vidi un uomo alto, moro, con i capelli scompigliati dal vento e gli occhi di un verde intenso che sembravano catturare ogni dettaglio intorno a lui. Indossava una camicia di flanella a quadri e jeans logori, con scarponcini che portavano i segni di mille sentieri percorsi.

"Quel formaggio è uno dei migliori, vero?" disse con un sorriso disarmante, puntando il dito verso il mio oscypek. Il tono della sua voce era caldo, con un leggero accento che rendeva le sue parole ancora più intriganti.

"Sì, è incredibile," risposi, cercando di non mostrare troppo il mio imbarazzo. "Lo conosci bene, immagino?"

Rise, una risata profonda e sincera che sembrava riecheggiare nella piazza. "Ci sono cresciuto, è praticamente una delle mie prime memorie d'infanzia."

"Una volta," raccontò con un sorriso complice, "ho provato a portarne uno in uno zaino durante un viaggio in treno verso Budapest. Pessima idea: l'odore ha riempito tutto lo scompartimento. Una donna anziana mi ha guardato malissimo per tutto il viaggio, ma alla fine ho diviso il formaggio con lei, e siamo diventati amici. La morale? Mai sottovalutare il potere di un oscypek per rompere il ghiaccio."

Non potei fare a meno di ridere, immaginando la scena. La sua spontaneità e il suo modo di raccontare rendevano ogni momento più leggero.

"E tu, viaggiatrice misteriosa, cosa ti porta in questo piccolo angolo del mondo?" chiese, appoggiandosi con disinvoltura alla panchina accanto alla mia.

Gli spiegai del mio viaggio in van e di come stavo cercando di raggiungere il Giappone. I suoi occhi si illuminarono di curiosità, e la sua espressione si fece più seria, come se stesse cercando di capire chi fossi davvero.

"È un viaggio ambizioso," disse. "Ma sono queste le imprese che cambiano le persone. Sai già dove andrai da qui?"

"Non proprio," ammisi. "Sto seguendo la strada e vedendo dove mi porta."

"Un bel modo di vivere," commentò. "Anche io vivo così, più o meno. Sono tornato qui solo per aiutare mia madre a sistemare alcune cose prima di partire di nuovo. Lei dice che sono come un uccello migratore: non riesco mai a restare nello stesso posto troppo a lungo." C'era della tristezza in quelle parole, non seppi identificare se fosse dettata al pensiero della madre o al pensiero di essere un po' nomade. C'era un'ombra di malinconia nella sua voce, come se tornare non fosse sempre facile.

Prima che potessi rispondere, un anziano che passava accanto lo salutò con un cenno affettuoso. "Tomasz, stai ancora perdendo tempo in piazza invece di finire quel tetto?"

Lui rise e si alzò dalla panchina, sollevando le mani in segno di resa. "Va bene, va bene, ci vado subito!" Si voltò verso di me, ancora con quel sorriso inconfondibile.

"Ah, a proposito, il mio nome è Tomasz," disse, tendendomi la mano. "Se hai bisogno di qualcosa, il nostro cottage non è lontano. Chiedi di Zofia, mia madre. È lei che tiene tutto insieme mentre io… diciamo che tento di capire dove voglio essere."

Stringendo la sua mano, mi resi conto che questo incontro, così semplice e casuale, aveva lasciato un'impronta indelebile. "Grazie, Tomasz. Magari passo a trovarti," dissi, senza sapere quanto presto quelle parole sarebbero diventate realtà.

L'incidente e la fattoria

Ripartii nel pomeriggio, con la luce dorata del sole che dipingeva ogni curva del paesaggio. La strada si snodava come un nastro tra colline ondulate e boschi densi, dove gli alberi sembravano chinarsi in un arco naturale sopra il mio van. Di tanto in tanto, una radura si apriva tra gli alberi, rivelando piccoli villaggi nascosti, casette con il tetto spiovente e prati pieni di fiori selvatici. Era impossibile non sentirsi immersi in un quadro vivo, dove ogni elemento sembrava disposto con cura.

Stavo già pensando a dove fermarmi per la notte, quando un rumore stridulo interruppe i miei pensieri. Un colpo secco, seguito da una vibrazione sgradevole, fece sussultare tutto il veicolo.

"Che diavolo?" esclamai, stringendo il volante. Sentii il van inclinarsi da un lato e il cuore mi salì in gola. Accostai immediatamente, con il battito che accelerava insieme al mio respiro.

Scendendo dal van, fui accolta dal rumore della natura: il cinguettio degli uccelli e il fruscio delle foglie al vento sembravano irridere la mia situazione. Mi accovacciai accanto alla ruota posteriore sinistra, dove lo pneumatico era ormai solo un pezzo di gomma sgonfio e inutile.

"Sapevo che sarebbe successo prima o poi," mormorai, osservando il danno. La strada era deserta, non c'era segnale sul telefono e, anche se avessi saputo cambiare una ruota, non ne avevo una di scorta. Avrei dovuto ritirare gli pneumatici invernali lungo la strada, ma con superficialità l'avevo dimenticato.

Mi guardai intorno, sperando in un miracolo. Il sole stava iniziando a scendere, tingendo il cielo di un arancione che si rifletteva sui tronchi degli alberi come un'ombra incandescente. Per la prima volta durante il viaggio, mi sentii veramente sola. La vastità della natura, così meravigliosa, ora sembrava pesarmi addosso.

Mentre cercavo di pensare a cosa fare, un rumore di passi leggeri mi fece sobbalzare. Mi girai di scatto e vidi qualcuno arrivare dal sentiero che costeggiava la strada. Era una donna anziana, con un cane che trottava felice al suo fianco. La mia attenzione andò subito a quel peloso amico a quattro zampe, grande e maestoso. Camminava con un'aria tranquilla ma attenta, la coda ondeggiante in un ritmo lento e rilassato. Il suo pelo dorato, spesso e lucente, catturava i raggi del sole che filtravano tra gli alberi, donandogli un'aura quasi magica.

Aveva un muso dolce e affusolato, con occhi color miele che sembravano guardare dentro di me. Sembrava studiare ogni mio movimento, come per capire se fossi degna della sua attenzione.

"Ti vedo in difficoltà, ragazza," disse con un sorriso accennato la signora anziana, il suo accento marcato ma melodioso. "Serve una mano?"

La sua voce era calma, eppure portava con sé una certa autorità. Nonostante il mio orgoglio, annuii. "Ho bucato una ruota, e… non so davvero cosa fare." Le orecchie morbide e pendenti del cane si muovevano leggermente al suono della mia voce quando provai a parlare.

La donna anziana si avvicinò e allora potei osservarla bene. Aveva l'aria di chi apparteneva a quel paesaggio tanto quanto le montagne che ci circondavano. Indossava un lungo cardigan di lana grezza e un fazzoletto annodato sotto il mento. I suoi occhi, di un verde limpido, brillavano di una gentilezza disarmante. Mi ricordavano qualcuno di familiare, ma non sapevo ancora chi.

"C'è un cottage poco lontano," disse, indicando un sentiero appena visibile tra gli alberi.

Mentre la donna parlava, il cane si avvicinò con passo deciso ma gentile. Il suo muso si avvicinò alla mia mano, e prima ancora che potessi reagire, la sfiorò con il naso umido, quasi come un saluto. Lo accarezzai istintivamente, e il suo pelo era morbido e caldo sotto le dita, come una coperta che scaldava più del corpo, anche l'anima.

"Lui è il mio fedele compagno." disse la signora con un sorriso, notando il mio interesse. "Sembra tu gli piaccia".

Il cane si sedette accanto a lei, dandomi la sensazione che fosse più di un semplice cane. C'era qualcosa di profondamente empatico nel suo sguardo, come se capisse non solo la situazione, ma anche ciò che stavo provando. Era un osservatore silenzioso, ma la sua presenza era rassicurante, un promemoria che anche nelle difficoltà più grandi, non si è mai davvero soli.

"Su, andiamo. Mio figlio può aiutarti. È bravo con queste cose."

Inizio' a camminare senza aspettare una risposta.

Mentre mi incamminai per recuperare il van, il cane si volto' verso di me, quasi a controllare che stessi bene, e il suo sguardo mi fece sentire incredibilmente protetta.

C'era una calma contagiosa nel suo modo di essere, come se portasse con sé un senso di pace che contrastava con il caos del mio guasto al van.

Presi il van e seguii il sentiero lentamente, cercando di non danneggiare ulteriormente lo pneumatico. Dopo qualche minuto, raggiungemmo un piccolo spiazzo. Il cottage della signora sembrava uscito da una fiaba. Una costruzione in legno scuro con il tetto spiovente ricoperto di muschio e fiori colorati che spuntavano da vasi disposti sotto ogni finestra. Le tende bianche ricamate si intravedevano appena attraverso i vetri, mentre il giardino circostante era un'esplosione di colori e profumi.

"Benvenuta," disse la signora con un sorriso, aprendo la porta e facendomi cenno di entrare. L'interno del cottage era esattamente come immaginavo: accogliente, caldo, con un camino acceso che diffondeva il profumo della legna bruciata e della cannella.

Il pavimento scricchiolava dolcemente sotto i miei passi mentre seguivo la signora. Le pareti erano decorate con fotografie in bianco e nero, alcune ritraevano giovani sorridenti in campi fioriti, altre mostravano un uomo robusto accanto a una cavalla.

Accanto al camino, un vecchio orologio a pendolo ticchettava con un ritmo costante, riempiendo il silenzio con una calma rassicurante. Le erbe essiccate appese sopra il tavolo diffondevano un aroma delicato di timo e rosmarino.

"Puoi restare qui finché mio figlio non arriva," disse la signora, posandomi davanti una tazza di tè fumante. "È a pochi chilometri di distanza, ma ci vorrà un po'. Nel frattempo, rilassati. Qui sei al sicuro."

Mentre sorseggiavo il tè, osservai la signora anziana con più attenzione. Le mani rugose erano forti e segnate dal lavoro, ma il modo in cui accarezzava il cane rivelava una tenerezza profonda. I suoi occhi erano pieni di storie, e ogni ruga sul suo viso sembrava raccontarne una.

"Come ti chiami?" chiese, sedendosi di fronte a me. Quando le risposi, sorrise e disse: "Io sono Zofia. E questo è Max," indicando il cane acciambellato accanto al camino. Lo guardavo e quel cane così bello mi faceva sentire meno sola. "Max è speciale," disse la signora, notando il mio sguardo. "Lui ha una sensibilità particolare. Sa capire quando qualcuno ha bisogno di conforto."

Mi ritrovai a sorridere, accarezzandogli la testa. Il fuoco aveva trasmesso il suo calore su tutto il pelo.

"Sembra capire tutto," dissi piano, quasi per me stessa.

"Lo fa," rispose la signora. "Max è più di un cane. È un'anima gentile che ti resta accanto quando ne hai più bisogno."

Zofia iniziò a raccontarmi della sua vita. Mi parlò della fattoria che un tempo era piena di animali, del marito che aveva perso anni prima, e di come il suo unico figlio fosse tornato per aiutarla.

"Ma ora sono contenta così," continuò mentre guardava fuori dalla finestra verso le montagne. "Non ho molto, ma ho tutto ciò di cui ho bisogno. La montagna è una buona amica, e Max è un compagno fedele."

In quel luogo remoto, circondata da una semplicità che parlava di pace e autenticità, cominciai a sentire che forse la vita non era fatta di grandi conquiste, ma di piccoli momenti di connessione e bellezza.

Dopo qualche minuto, sentii dei passi decisi avvicinarsi al cottage. La porta si aprì, e una figura alta con una camicia di flanella fece il suo ingresso. Sollevai lo sguardo, e per un istante mi mancò il respiro: era lui.

"Tomasz," disse la signora con un sorriso, "è la ragazza con il van di cui ti ho parlato."

"Che fai, mi segui?" disse Tomasz con un sorriso ironico, fissandomi con quegli occhi verdi che avevano già catturato la mia attenzione al nostro primo incontro. "Oppure hai bucato una ruota solo per rivedermi?"

Risi nervosamente, cercando di nascondere l'imbarazzo. "In realtà è il destino che ha deciso di farci incontrare di nuovo," risposi, sollevando le mani in segno di resa. "Sembra che tu sia dappertutto."

"Tomasz è sempre dappertutto," intervenne la signora, scuotendo la testa con affetto. "Ma quando si tratta di aiutare, è sempre al momento giusto."

Tomasz si avvicinò al camino per scaldarsi le mani prima di rivolgersi a me. "Andiamo a vedere questo famoso van," disse con un tono scherzoso, ma con un luccichio di curiosità negli occhi. Max, come se fosse parte integrante della squadra, si alzò e ci seguì fino all'esterno.

Il cielo era ormai scuro, punteggiato da stelle che sembravano danzare sopra di noi. Tomasz prese la sua borsa degli attrezzi dal portabagagli di un vecchio fuoristrada parcheggiato poco distante. "Questa non è la prima volta che devo salvare un viaggiatore," disse, chinandosi accanto alla ruota bucata. "Ma è la prima volta che il viaggiatore mi riconosce."

"Hai un talento per comparire nei momenti di crisi," replicai, osservandolo lavorare con gesti precisi e sicuri. Ogni tanto si fermava per fare una battuta, rendendo il momento meno teso e più leggero.

"Da dove vieni, esattamente?" mi chiese mentre controllava il cerchione. "Ho capito che sei in viaggio, ma mi incuriosisce cosa ti abbia spinto a lasciare tutto."

Mi bloccai per un attimo, sorpresa dalla sua domanda diretta. "È complicato," risposi, cercando di evitare un discorso troppo lungo. "Diciamo solo che avevo bisogno di cambiare aria."

Lui si fermò e mi guardò con un sorriso comprensivo. "Il cambiamento è sempre difficile, ma a volte è l'unico modo per andare avanti."

Quelle parole, così semplici e dirette, fecero breccia dentro di me. C'era qualcosa nel modo in cui parlava, come se avesse vissuto la stessa esperienza, che mi fece sentire meno sola.

Una volta finito il lavoro, Tomasz si alzò e si scrollò la polvere dai jeans. "Dovresti essere a posto per ora," disse. "Ma ti consiglio di far dare un'occhiata più approfondita al van appena possibile."

La signora, che ci aveva aspettato sulla soglia, lo accolse con un sorriso soddisfatto. "Sapevo che avresti risolto tutto, come sempre," disse, porgendogli una tazza di tè.

Fu in quel momento che mi resi conto del legame tra loro. "Aspetta un attimo," dissi, guardando prima Tomasz e poi la signora. "Tu sei… suo figlio?"

Tomasz rise, sollevando le spalle. "Colpevole. Ma non ti preoccupare, non sono troppo pericoloso."

La signora annuì con orgoglio. "E Tomasz sarà anche un vagabondo, ma è sempre lì quando serve."

Dopo aver finito il tè, Tomasz si congedò, dicendo che avrebbe preparato una lista di controlli per il van nei giorni seguenti. "Potrei fare un paio di interventi ora," disse, "ma ci sono alcune parti che vanno ordinate. Serve un po' di tempo, e la notte sta calando. "

La signora Zofia osservò la scena con il suo solito sorriso enigmatico. "Non è un problema, vero?" chiese, rivolgendosi a me con occhi che sembravano leggere più di quanto io stessi dicendo. "Puoi restare qui, almeno finché Tomasz non sistema tutto. Non capita spesso di avere ospiti, e Max sembra apprezzarti molto."

Mi trovai a riflettere per un attimo, indecisa se accettare. Ero sempre stata cauta nell'imporre la mia presenza, ma c'era qualcosa di irresistibile in quell'atmosfera calorosa, in quel piccolo angolo di mondo che sembrava fatto per guarire l'anima. In fondo non avevo fretta, decisi di non impormi al destino ma solo di lasciarmi trasportare dal fiume in piena.

"Sarei felice di restare," risposi, lasciando che un sorriso sincero si facesse spazio tra la mia solita esitazione. "E poi… Max sembra aver già deciso.

Il giorno dopo il mio arrivo, mi svegliai con il suono degli uccelli che cinguettavano oltre la finestra. Il cottage era immerso in un silenzio così profondo che ogni rumore sembrava amplificato: il crepitio della legna nel camino, il soffice respiro di Max accoccolato accanto al letto, e il lontano mormorio del vento tra le cime degli alberi.

La luce del mattino filtrava attraverso le tende ricamate, dipingendo il pavimento con disegni intricati. Mi alzai con una calma che non provavo da tempo, come se quel luogo mi avesse avvolta in una bolla di pace.

Scendendo in cucina, trovai Zofia intenta a preparare il caffè. Il profumo intenso riempiva la stanza, mescolandosi a quello del pane appena tostato.

"Dormito bene, cara?" mi chiese, senza voltarsi.

"Come un sasso," risposi, stiracchiandomi leggermente. "Credo sia merito di questo posto… e del tè caldo di ieri sera."

Lei sorrise, versandomi una tazza di caffè fumante. "È il segreto delle montagne," disse, con un sorriso che sembrava nascondere chissà quante storie. "Qui il tempo scorre diverso."

Prima che potessi rispondere, sentii un rumore familiare di passi sulla ghiaia fuori. Tomasz entrò pochi istanti dopo, il viso ancora arrossato dal freddo mattutino. Portava una pila di assi di legno sulle spalle, e il suo ingresso riempì immediatamente la stanza di energia.

"Buongiorno!" disse, con un sorriso largo e spontaneo. "Spero tu sia pronta per un po' di lavoro."

Lo guardai, sorpresa. "Lavoro? Pensavo che ti stessi occupando del van."

"Lo sto facendo," rispose, lasciando cadere le assi con un tonfo leggero. "Ma ho pensato che potremmo sistemare insieme un paio di cose. È il modo migliore per imparare, no?"

Lo seguii senza avere molta scelta, ma una sensazione di piacere mi pervase. C'era qualcosa in quell'uomo che riusciva a rasserenarmi.

Passammo la giornata nel piccolo spiazzo accanto al cottage, lavorando sul van. Tomasz mi mostrava ogni dettaglio con una pazienza inaspettata, spiegando le cose con un tono che oscillava tra il serio e il divertito.

"Questa è la pompa dell'acqua," disse, indicando una parte del motore. "Se non funziona, sei nei guai. È come il cuore del van."

"E questa?" chiesi, indicando un altro pezzo che sembrava uscito da un film di fantascienza.

"Quella?" fece una pausa teatrale. "Beh, quella è… un pezzo che non serve a niente. Ma non dirlo a nessuno, o penseranno che non sappia cosa faccio."

Risi, scuotendo la testa. "Sei incredibile," dissi. "Riesci a rendere interessante anche la manutenzione di un motore."

A metà pomeriggio, ci fermammo per una pausa. Tomasz si sedette su un tronco vicino, togliendosi i guanti da lavoro e tirando fuori una borraccia d'acciaio.

"Sei più brava di quanto pensassi," disse, sorseggiando l'acqua. "La maggior parte delle persone si arrende quando capisce che il motore non è un giocattolo."

"Non sono la maggior parte delle persone," risposi, incrociando le braccia con un sorriso di sfida.

"L'ho notato," disse, con uno sguardo che sembrava scavare più a fondo. "Ci vuole coraggio per fare quello che stai facendo. Lasciare tutto, partire da sola… non è una cosa da tutti."

Mi sentii arrossire, non tanto per le sue parole, quanto per la sincerità con cui le aveva pronunciate. "A volte penso che sia più follia che coraggio," mormorai, guardando le montagne in lontananza.

"Le cose migliori della vita iniziano sempre con un po' di follia," replicò Tomasz, alzando la borraccia in un gesto simbolico. "A questo brindiamo?"

"Alla follia," risposi, sollevando immaginariamente il mio bicchiere.

Ogni giorno trascorso con Tomasz aggiungeva un pezzo al puzzle di quella strana intimità che si stava creando tra noi. Le sue battute leggere e il suo modo di guardarmi, come se cercasse di capire qualcosa che nemmeno io sapevo di me stessa, rendevano ogni momento insieme speciale e, al tempo stesso, carico di una tensione dolce e indefinibile.

Quella sera, il crepuscolo aveva appena iniziato a tingere il cielo di viola. Eravamo nel capanno a sistemare alcuni attrezzi che avevamo usato durante il giorno. L'odore del legno e dell'olio per motori era forte, ma non spiacevole, e il calore residuo del sole si mescolava al fresco che iniziava a salire dalla terra.

Tomasz era seduto su uno sgabello di legno, una chiave inglese tra le mani. Mi guardava con un'espressione che non riuscivo a decifrare del tutto. Forse curiosità, forse qualcosa di più.

"Sei mai stata innamorata?" chiese all'improvviso, la sua voce bassa che rompeva il silenzio come una carezza.

La domanda mi colse di sorpresa. Abbassai lo sguardo verso le mie mani, che stringevano un piccolo pezzo di metallo senza alcun motivo. "Sì," risposi dopo un momento, cercando di scegliere con attenzione le parole. "Ma non è mai stato… come nei film. Sai, quelle grandi storie d'amore che sembrano perfette." Alzai lo sguardo, incontrando il suo. "E tu?"

Tomasz sorrise, un sorriso dolce e malinconico che sembrava contenere mille storie mai raccontate. "Forse," disse, lasciando scivolare la chiave inglese sul tavolo accanto a sé. "Ma penso che l'amore sia come un viaggio. A volte sbagli strada, ti perdi, ma è parte del percorso."

Quelle parole rimasero sospese nell'aria, riempiendo lo spazio tra di noi con un'intensità che non avrei saputo descrivere. Mi guardava come se volesse dire di più, ma non osasse, e io mi ritrovai incapace di distogliere lo sguardo.

"Sembra… una di quelle cose che si dicono quando ci si è scottati," dissi piano, quasi temendo di rompere il momento.

Lui rise, ma era una risata morbida, più per sé stesso che per me. "Forse hai ragione," disse. "Ma è la verità. Ogni volta che ti perdi, impari qualcosa. Forse non è sempre bello, ma è importante."

Mi ritrovai a sorridere, annuendo. "Credo che a volte ci si perda così tanto da non sapere nemmeno cosa cercare."

Tomasz mi guardò con una luce diversa negli occhi, come se quelle parole avessero toccato qualcosa di profondo. "Eppure, eccoti qui," disse. "Sei partita, hai lasciato tutto. Mi sembra che tu stia cercando qualcosa di molto chiaro."

Il silenzio che seguì non era vuoto, ma carico di una complicità silenziosa. Fuori, il vento faceva fusciare le foglie degli alberi, e il rumore dei grilli sembrava amplificare l'intimità del momento.

Tomasz si alzò, scuotendo la testa come per scrollarsi di dosso qualcosa. "Dovremmo rientrare," disse, ma non c'era fretta nella sua voce. "Domani sarà una giornata lunga."

Quella sera, rientrammo nel cottage e trovammo Zofia seduta accanto al camino. Max dormiva acciambellato ai suoi piedi, e il suo respiro regolare riempiva la stanza di una calma contagiosa.

"Avete finito di chiacchierare?" chiese, guardandoci con un sorriso che aveva un tocco di ironia. Le sue mani erano occupate con un piccolo lavoro di cucito, e gli occhiali erano scesi sul ponte del naso.

"Chiacchierare? Lavoravamo duramente," rispose Tomasz, alzando le mani in segno di difesa. "Ma sai com'è: certi guasti richiedono un tocco esperto."

Lei scosse la testa, ridendo piano. "Un tocco esperto e tante parole inutili, immagino.

La mattina successiva, la conversazione tra me e Tomasz mi tornava continuamente in mente. Quando mi alzai, trovai Zofia nel suo orto. Era piegata su una fila di piante di pomodori, con un cesto accanto pieno di verdure appena raccolte. La luce del mattino la illuminava delicatamente, e la sua figura minuta sembrava quasi parte integrante del paesaggio.

"Buongiorno," le dissi, avvicinandomi piano. "Non pensavo che qualcuno potesse essere già al lavoro così presto."

Lei si rialzò lentamente, asciugandosi le mani sul grembiule. "Quando si vive in montagna, il mattino è il momento più bello. È l'unico modo per vedere il mondo ancora intatto, prima che il caos della giornata lo rovini."

Mi porse un pomodoro appena raccolto. "Assaggia," disse. "Non troverai niente di meglio."

Il frutto era dolce e succoso, e il sapore era così pieno e autentico che mi lasciò senza parole.

"Vedi," aggiunse, guardando il cesto. "Coltivare la terra non è solo nutrirsi. È un modo per ricordare che siamo parte di qualcosa di più grande. Una lezione che molti hanno dimenticato."

"Carolina," continuò subito dopo. "Seguimi".

Ci incamminammo all'interno del cottage, l'odore di casa era sempre nell'aria. Zofia tirò una vecchia scatola di legno tra le mani da sotto al divano, "voglio mostrarti qualcosa. Penso che sia il momento giusto."

Mi avvicinai, incuriosita.

"Carolina," iniziò, accarezzando la superficie liscia della scatola, "c'è una storia che non ho mai raccontato a nessuno, almeno non per intero. Ma penso che tu sia la persona giusta per ascoltarla."

Mi raddrizzai sulla sedia, sorpresa e onorata. C'era qualcosa nella sua voce, un peso e una tenerezza, che mi fece sentire immediatamente parte di qualcosa di speciale.

Zofia aprì lentamente la scatola, rivelando fotografie in bianco e nero, lettere ingiallite e piccoli oggetti che sembravano intrisi di significato. Tirò fuori una vecchia cartolina, consumata ai bordi, e me la porse.

Sulla cartolina c'era l'immagine di una città: Kyoto, Giappone. Le sue pagode si stagliavano contro un cielo azzurro, i ciliegi in fiore coloravano ogni angolo. La scena era così vivida che sembrava quasi irreale.

"Questo era il mio sogno," disse Zofia, il suo sguardo perso nella cartolina. "Volevo andare a Kyoto. Avevo letto di questa città in un libro da giovane, e per anni mi sono immaginata di camminare tra i suoi giardini zen, di sedermi sotto un ciliegio in fiore e di sentire il vento che porta il profumo dei templi."

Non riuscii a nascondere la mia sorpresa. "Kyoto? È così lontano…"

C'era qualcosa nel destino che mi aveva portato in quel posto, ne ero sempre più sicura. Il Giappone era anche il mio di sogno, in fondo.

Lei sorrise, un sorriso dolce e carico di nostalgia. "Lo so. Ed è proprio per questo che lo desideravo tanto. Era l'opposto della mia vita qui: così ordinato, così… tranquillo. Un luogo dove tutto sembra avere un significato, dove ogni pietra e ogni fiore sono al loro posto."

Abbassò lo sguardo, accarezzando la cartolina come fosse un oggetto sacro. "Avevo comprato questa cartolina al mercato del paese quando ero poco più che una ragazza. Mi ero promessa che un giorno ci sarei andata, ma poi la vita ha preso un'altra strada. Mio padre era severo, e il mio posto era qui, nella nostra fattoria. Poi ho incontrato mio marito, e sono arrivate le responsabilità."

Mi passò un'altra foto, questa volta di lei e suo marito, giovani e sorridenti accanto a una moto. "Non mi sono mai pentita della mia vita. Amo questa casa, questa terra, e ho avuto momenti di felicità infinita. Ma, a volte, quando mi siedo qui la sera e il mondo sembra calmo, penso ancora a Kyoto."

"E se potessi andarci ora?" le chiesi, il cuore che batteva forte.

Zofia rise, ma era una risata dolce, come quella di una madre che ascolta i sogni di un bambino. "Carolina, a quest'età non è più una questione di poterci andare o no. Il viaggio, per me, è dentro la mia testa. Quando chiudo gli occhi, sono lì, a Kyoto, con i ciliegi in fiore che mi fanno da ombra. Ma sai una cosa? Se potessi chiedere una cosa a qualcuno, non sarebbe di andarci io... ma di portare un pezzetto di me lì."

Non sapevo ancora cosa volesse dire del tutto, ma l'intensità del suo sguardo mi fece capire che stava parlando di qualcosa di molto più grande di un semplice viaggio.

Zofia mi prese la mano e la strinse con una forza sorprendente. "Non lasciare che i tuoi sogni rimangano chiusi in una scatola come questa," disse, indicando la scatola di legno accanto a lei. "Il mondo è troppo grande e troppo bello per essere vissuto a metà. Vai, vivi, viaggia. Non importa se ti perdi, non importa se non sai esattamente cosa stai cercando. L'importante è non fermarti."

Le sue parole rimasero sospese nell'aria, e per un attimo tutto sembrò fermarsi. Era come se il tempo stesso si fosse inchinato davanti alla saggezza di quella donna che, pur avendo rinunciato a tanto, aveva ancora il potere di ispirare.

Tomasz interruppe il momento, entrando con il suo solito sorriso sfacciato e un sacco di patate sulla spalla. "Buongiorno, mia cara famiglia di montagna!" esclamò, facendo un inchino teatrale davanti a Zofia. "Porto il mio contributo: patate e storie straordinarie."

Zofia alzò gli occhi al cielo, ma non riuscì a nascondere il sorriso. "Hai dimenticato il pane," disse, indicando il tavolo. "E spero che le tue storie siano meglio di quelle dell'ultima volta."

"Ah, non preoccuparti, madre," rispose Tomasz, depositando il sacco sul pavimento. "Questa volta ho storie vere, non leggende da locanda."

Mi trovai a sorridere osservando la loro interazione. C'era un calore tra loro che riempiva la stanza, una complicità che rendeva tutto più leggero.

"E tu, Carolina?" disse Tomasz, rivolgendosi a me mentre si toglieva la giacca. "Hai già deciso di abbandonare questo posto o ti sei affezionata troppo a Max e a mia madre?"

Sorrisi, incrociando le braccia. "Forse sono io che sto cercando di convincere Max e tua madre a venire con me. Sarebbe un bel trio, no?"

Zofia rise piano, scuotendo la testa. "Non ti illudere, Tomasz. Carolina è più testarda di quanto sembri."

Poco dopo, Tomasz mi propose di accompagnarlo in paese per comprare alcuni materiali per il van. "Potrebbe essere l'avventura del giorno," disse, lanciandomi uno sguardo sfacciato. "E poi, qualcuno deve assicurarsi che non spenda soldi in cose inutili."

"Chi, io? Sei tu quello che ha portato un sacco di patate come trofeo," ribattei ridendo.

Tomasz si girò verso di me, alzando le mani come a difendersi. "Eh, ma non sottovalutare le patate. Ti salvano la vita in qualsiasi situazione: bollite, fritte, schiacciate... persino come arma improvvisata, se necessario."

Scoppiai a ridere, scuotendo la testa. "Oh sì, posso già immaginarti a difenderti dai banditi con una patata in mano. Dev'essere un'immagine epica."

"E funziona sempre," rispose Tomasz con un sorriso sornione. "Una volta, quando ero in

Romania, ho cucinato un piatto di patate per un gruppo di viaggiatori affamati. Alla fine, hanno lasciato che dormissi nella loro tenda. Patate: la valuta universale."

"Sei incorreggibile," dissi, scuotendo la testa e cercando di smettere di ridere, ma c'era qualcosa di contagioso nella sua energia leggera. Mi ritrovavo a sorridere più spesso del solito, e, per qualche strano motivo, non mi dispiaceva affatto.

Arrivati fuori dal cottage, Max si unì a noi, scodinzolando come sempre. L'aria era fresca e leggera, con il profumo della legna che bruciava nei camini delle case vicine. Il sole illuminava la scena, rendendo i colori della natura intorno a noi più vivi e caldi.

"Purtroppo, Max non può venire con noi," disse Tomasz chinandosi per accarezzarlo. "Non credo che sarebbe un fan del negozio di ferramenta. Troppa vernice e troppi chiodi."

Max lo guardò con aria offesa, come se avesse capito ogni parola. "Non preoccuparti, Max," dissi, chinandomi per accarezzarlo anch'io. "Torneremo presto. E, se Tomasz si comporta male, prometto di riportarlo qui immediatamente."

"Molto spiritosa," replicò Tomasz, aprendo la portiera della macchina con un gesto teatrale. "Sei fortunata ad avere qualcuno che ti sopporta così tanto."

Entrai in macchina ridendo, e poco dopo Tomasz accese il motore. L'auto si mosse lentamente lungo il sentiero sterrato, lasciando dietro di noi il cottage e il paesaggio tranquillo che ormai cominciavo a sentire come casa.

La macchina scivolava lungo la strada, mentre Tomasz teneva una mano sul volante e con l'altra tamburellava al ritmo di una vecchia canzone folk che proveniva dalla radio. La strada serpeggiava tra campi verdi e piccoli boschi, e il sole filtrava tra gli alberi.

"A proposito," dissi, interrompendo la musica con la mia voce, "sei davvero un esperto di ferramenta o stai solo cercando un pretesto per allontanarti dal cottage?"

Tomasz mi guardò di sfuggita con un sorrisetto. "Ehi, sono un uomo di molte competenze. Ma no, non posso definirmi un esperto di ferramenta. Diciamo solo che so abbastanza per sembrare convincente."

"Ah, perfetto. Quindi oggi mi affido a un dilettante," ribattei scherzando. "Ottimo, non vedo l'ora di finire con un martello rotto e una vernice che non si asciuga mai."

"Ti preoccupi troppo," disse Tomasz, ridendo. "E comunque, ammettilo, la prospettiva di passare il pomeriggio con me migliora di molto la tua giornata."

Sorrisi, scuotendo la testa. "Non male come compagnia, devo ammetterlo. Ma non montarti troppo la testa."

"Non preoccuparti," rispose, guardando dritto davanti a sé. "La mia testa è già perfetta così com'è."

"Avevo dimenticato quanto fosse bello guidare su queste strade," continuò Tomasz, con lo sguardo fisso sull'asfalto. "Quasi mi viene voglia di restare… quasi."

Il villaggio che raggiungemmo era un piccolo gioiello nascosto tra le colline, con casette dai tetti rossi e un mercato locale che animava la piazza centrale. I profumi delle bancarelle, che vendevano frutta fresca, pane appena sfornato e fiori di campo, si mescolavano nell'aria, creando un'atmosfera accogliente.

Ci fermammo davanti a un vecchio negozio di ferramenta con un'insegna scolorita che oscillava leggermente al vento. Tomasz scese dalla macchina per primo, lanciandomi uno sguardo. "Pronta per l'avventura? Spero tu abbia fatto la lista delle cose da comprare."

"Lista? Non hai detto che avresti pensato tu a tutto?" risposi, fingendo di essere scandalizzata.

"Ah, quindi siamo già alla fase in cui mi incolpi per tutto. Perfetto. Siamo proprio una squadra." Tomasz rise, aprendo la porta del negozio e facendomi cenno di entrare. "Ecco, prendi questo," disse, tirando fuori un pennello enorme. "Ti servirà per dipingere il van. Oppure per difenderti da Max se decide di morderti."

"Molto spiritoso," risposi, afferrando il pennello. "Ma non ho intenzione di usarlo come arma. E comunque, Max è più educato di te."

Tomasz rise, ma poi si fermò, guardandomi con un'espressione più seria. "Sai, Carolina, a volte penso che tu stia cercando qualcosa che non troverai mai."

"E tu cosa ne sai?" ribattei, incrociando le braccia. "Forse non so nemmeno cosa sto cercando, ma non significa che non valga la pena cercarlo."

Lui scosse la testa, un sorriso che nascondeva qualcosa di più profondo. "Touché," disse. "Ma quando lo troverai, promettimi che non lo lascerai scappare."

Tornando alla macchina, con le borse piene di attrezzi e materiali, Tomasz si fermò un attimo a guardare la piazza del paese. Il sole stava cominciando a calare, e le ombre si allungavano dolcemente sui tetti delle case.

"Ti piace questo posto?" gli chiesi, notando la sua espressione pensierosa.

"Sì," rispose dopo un momento. "È tranquillo. Ma non credo che potrei restare qui a lungo. Mi piace troppo l'idea di essere in movimento."

Lo osservai per un istante, cercando di capire cosa ci fosse dietro quelle parole. "Perché ti piace tanto muoverti?"

Tomasz si voltò verso di me, con un sorriso che era un misto di malinconia e sincerità. "Perché ogni volta che resto troppo a lungo in un posto, sento come se stessi perdendo qualcosa. Non so cosa, ma è come se il mondo là fuori continuasse a girare senza di me. E non posso permettermelo."

Quelle parole rimasero con me per tutto il viaggio di ritorno. Pensai anche alla sua affermazione fatta nel negozio di ferramenta. Aveva ragione? Stavo cercando qualcosa di irraggiungibile?

Avevo tanti pensieri per la testa e guardare quell'animo così simile al mio mi confondeva e rasserenava allo stesso tempo.

Quando arrivammo al cottage, l'atmosfera si alleggerì. Zofia ci accolse con una zuppa calda e un sorriso, e Max ci girava intorno scodinzolando, come se fossimo tornati da una spedizione epica.

"Come è andata l'avventura?" chiese Zofia, servendo due ciotole fumanti.

"Tutto bene," rispose Tomasz. "Carolina ha evitato di comprare cose inutili, e io ho evitato di dirle che Max probabilmente avrebbe fatto un lavoro migliore di lei con il pennello."

"Molto divertente," ribattei, lanciandogli uno sguardo ironico. Ma sotto sotto, mi trovai a sorridere. C'era qualcosa di rinfrescante nella sua presenza, qualcosa che mi faceva sentire più leggera, anche solo per un momento.

La serata finì tra chiacchiere e risate, mi addormentai serena, con il rumore del camino che scoppiettava di sottofondo.

Nei giorni successivi, Tomasz sembrava più
distante del solito. C'erano momenti in cui la sua
risata riempiva la stanza, e tutto sembrava
normale, quasi perfetto. Ma poi, all'improvviso,
cadeva in un silenzio che lasciava un vuoto
tangibile. Era come se, per un attimo, si perdesse
in un luogo lontano, dentro di sé, dove nessuno
poteva raggiungerlo.

Una sera, dopo cena, stavamo lavando i piatti
insieme. Il rumore dell'acqua scorreva tranquillo, e
Max, sdraiato accanto al camino, osservava la
scena con occhi semichiusi. Tomasz mi passava un
piatto alla volta, senza dire nulla, finché non mi
decisi a rompere il silenzio.

"Cosa c'è che non va, Tomasz?" chiesi, cercando il
suo sguardo. "Non puoi ingannarmi con le tue
battute tutto il tempo. Lo vedo che qualcosa ti
turba."

Lui si fermò per un istante, tenendo un bicchiere
tra le mani. "Non è niente," rispose, ma il tono
della sua voce tradiva il peso delle sue parole.
"Sono solo pensieri, tutto qui."

Mi asciugai le mani, voltandomi verso di lui. "Tomasz, se hai bisogno di parlare, io sono qui. Lo sai, vero?"

Lui alzò lo sguardo, e per un attimo sembrò che volesse dire qualcosa, che stesse cercando le parole giuste. Ma poi scosse la testa con un sorriso forzato. "Apprezzo, Carolina. Ma ci sono cose che è meglio tenere per sé."

Quelle parole mi colpirono più di quanto avrei voluto ammettere. "A volte parlarne aiuta," dissi, senza insistere troppo. "Non per risolvere tutto, ma solo per sentirsi meno soli."

Lui annuì lentamente, ma non aggiunse altro. Sembrava che ci fosse qualcosa di troppo grande, troppo complesso, che non voleva o non poteva condividere.

Quella notte, mentre ero sdraiata sul mio letto nel piccolo soppalco del cottage, ripensai al suo sguardo. C'era una tristezza profonda, un peso che non si sarebbe mai scrollato di dosso da solo. Era come se stesse cercando di proteggere qualcuno, o forse se stesso, da un dolore che non era ancora pronto ad affrontare.

Non potevo fare a meno di chiedermi cosa ci fosse dietro quel suo atteggiamento. Forse aveva a che fare con il suo costante desiderio di movimento, con quella sua paura di restare in un posto troppo a lungo. O forse c'era qualcosa di più, qualcosa che non riusciva a mettere in parole.

Il giorno dopo, mentre lavoravamo al van, Tomasz sembrava più rilassato. Il rumore del trapano e il suono del martello riempivano l'aria, e ogni tanto scambiavamo battute per alleggerire la fatica.

Ma ad un certo punto, mentre sistemavamo una delle mensole interne, si fermò all'improvviso. "Sai, Carolina," disse, senza guardarmi, "a volte mi chiedo se ho fatto abbastanza per le persone che amo."

Quella frase mi colse di sorpresa. Mi voltai verso di lui, notando che il suo sguardo era fisso su un punto indefinito, lontano. "Che intendi dire?" chiesi piano.

"Intendo dire che... a volte, quando vivi in movimento, rischi di perdere momenti importanti. Rischi di essere assente quando conta di più." La sua voce era ferma, ma carica di una vulnerabilità che raramente mostrava.

Non sapevo cosa rispondere. Era evidente che quelle parole non erano dette a caso, ma non mi sentii di forzarlo a spiegare. "Credo che, se ami davvero qualcuno, quel qualcuno lo sa," dissi infine, scegliendo con cura le parole. "Anche se non sei sempre presente. A volte basta esserci nei momenti che contano davvero."

Tomasz sorrise debolmente, ma sembrava che stesse riflettendo su quello che avevo detto. Mi guardò per un momento, come se cercasse di capire se quelle parole si applicassero davvero anche a lui.

"Pensi davvero che sia così?" chiese alla fine, con un tono che sembrava tradire un bisogno di conferme. "Che basti esserci in quei momenti?"

Mi appoggiai al van, incrociando le braccia. "Credo di sì," risposi, cercando le parole giuste. "Non possiamo essere tutto per tutti, Tomasz. Ma possiamo essere qualcosa per qualcuno, anche se non perfetti, anche se non costanti. Basta essere autentici."

Lui annuì piano, abbassando lo sguardo verso il pavimento del van. "Sai qual è la parte più difficile?" chiese, quasi sottovoce. "Capire cosa significa essere autentici, quando passi la vita a muoverti e reinventarti. A volte mi sembra di essere tante persone diverse, e nessuna di loro abbastanza."

Lo guardai, vedendo oltre l'uomo ironico e spensierato che avevo conosciuto. C'era in lui un desiderio profondo di appartenere a qualcosa, di trovare una direzione, anche se continuava a negarlo.

"Essere autentici non significa essere perfetti," dissi infine, scegliendo le parole accuratamente. "Significa riconoscere i nostri limiti e accettarli. Significa essere onesti, prima di tutto con noi stessi."

Tomasz alzò lo sguardo verso di me, il suo sorriso accennato ma sincero. "Parli come una che ha trovato tutte le risposte," disse con una leggera nota di ironia. "Ma dimmi, Carolina, se sei così saggia, perché stai viaggiando da sola in un van che a malapena sta insieme?"

Risi, appoggiandomi contro la porta del van. "Forse proprio per trovare quelle risposte," ammisi. "Non è sempre facile, ma penso che ogni chilometro, ogni errore, ogni conversazione come questa, mi stia avvicinando a qualcosa. E se non lo trovo? Beh, almeno avrò vissuto."

Tomasz si prese un momento, osservando il panorama oltre il van. "Sai, Carolina," disse infine, "forse è questo il segreto. Non sapere esattamente dove stai andando, ma avere il coraggio di continuare a camminare."

Mi ritrovai a sorridere. "Forse lo è davvero," dissi. "E forse il punto non è nemmeno arrivare. Il punto è vivere abbastanza intensamente il viaggio."

Per spezzare quella tensione emotiva, Tomasz allungò una mano verso di me e fece un cenno verso il trapano che avevo lasciato sul pavimento. "Ora, saggia viaggiatrice, torniamo a lavorare, altrimenti questo van non ti porterà da nessuna parte."

Risi, lanciandogli il trapano. "Sempre il solito, eh? Non sopporti troppa profondità tutta in una volta."

"Esatto," ribatté Tomasz, fingendo di fare un passo indietro per evitare il trapano. "Un uomo deve sapere quando smettere di parlare e iniziare a fare. E io ho già parlato troppo per oggi."

Mentre riprendevamo il lavoro, non potei fare a meno di pensare a quanto quelle conversazioni mi stessero cambiando. Tomasz mi aveva mostrato che a volte la libertà e il movimento non sono solo una fuga, ma un modo per affrontare ciò che ci spaventa davvero: il rischio di restare, di appartenere. E io stavo imparando che si può essere autentici anche nei nostri dubbi, che non

serve avere tutte le risposte per vivere una vita
piena.

La separazione

Quella notte, mentre preparavamo il tè, Zofia sembrava più silenziosa del solito. Tomasz era alle prese con dei lavori nel capanno, ed io ero immersa nei miei pensieri.

Notai che le mani di Zofia tremavano leggermente mentre versava l'acqua nella teiera, e il suo volto, solitamente sereno, era segnato da una stanchezza che non avevo notato prima.

"Zofia," iniziai, "stai bene?"

Lei si fermò, prendendo un respiro profondo.

"Devo parlarti di una cosa," disse, accarezzando distrattamente la testa di Max. Il cane sembrava percepire la gravità del momento, perché sollevò lo sguardo e si appoggiò più vicino a lei.

"Ho nascosto questa cosa per anni," iniziò, guardandomi con occhi pieni di una sincerità disarmante.

Le mie mani si strinsero sulle ginocchia, una morsa d'ansia che cercai di nascondere. "Zofia, cosa c'è?" le chiesi, con un tono che tradi' il voler nascondere il mio stato d'animo.

Lei sospirò, un suono lungo e pieno di rassegnazione. "Ho una malattia," disse, con una calma che mi spiazzò. "Me l'hanno diagnosticata anni fa, e mi avevano detto che avrei avuto poco tempo. Dovevo andarmene prima di mio marito, ma per qualche miracolo… eccomi ancora qui."

Rimasi senza parole, il cuore che batteva furiosamente nel petto. "Zofia, ma... stai ricevendo cure? C'è qualcosa che possiamo fare?"

Lei scosse la testa lentamente, un sorriso malinconico sul viso. "Non c'è nulla da fare, Carolina. E non voglio che nessuno si tormenti per questo. Ho vissuto una vita piena, ho avuto amore, ho avuto mio figlio, e ora ho te qui con me. Cosa potrei chiedere di più?"

Le lacrime iniziarono a scorrermi lungo le guance, ma Zofia prese la mia mano con fermezza, come per impedirmi di crollare. "Non voglio che ti dispiaccia per me," disse. "Non voglio che tu mi veda come una donna malata. Sono ancora io, Zofia, la donna che ti ha insegnato a coltivare l'orto e che ti offre tè ogni sera. Solo, non so quanto tempo mi resta."

Il mio pensiero andò subito a Tomasz; ripensai al suo atteggiamento di recente e non potei far altro che domandarle: "Lo sa Tomasz?", la voce più tremante di quanto avessi voluto.

Zofia annuì lentamente, un sorriso malinconico che le illuminò il volto. "Gliel'ho detto poco prima che arrivassi. Non potevo nasconderglielo più a lungo. È mio figlio, e meritava di sapere. Ma sai, Carolina, non è stato facile."

"Perché?" chiesi, senza riuscire a trattenere la domanda. "Perché aspettare tanto?"

Lei sospirò, appoggiandosi allo schienale della poltrona. "Non volevo che il peso della mia condizione lo trattenesse. Tomasz è come il vento, libero, selvaggio. Temevo che, sapendo, avrebbe rinunciato ai suoi sogni, ai suoi viaggi. Ma ora... ora sapevo che non potevo più tenerglielo nascosto."

"E lui? Come l'ha presa?", chiesi infine.

Zofia fece una pausa, guardando il fuoco scoppiettare nel camino. "Come avrei immaginato. Non lo ha detto, ma gli ho visto il cuore spezzarsi davanti ai miei occhi. Eppure, è rimasto. Ha detto che sarebbe stato qui per me, per tutto il tempo che avrei avuto. E, Carolina, questo è stato il dono più grande che potesse farmi."

Sentii un'altra lacrima scivolare sulla mia guancia, ma la asciugai rapidamente. C'era così tanto amore, così tanta forza in quelle parole. "Zofia," sussurrai, "non sei sola. Tomasz è qui, e anche io lo sono."

Lei mi sorrise, il suo volto sereno nonostante il peso della sua condizione. "Lo so, mia cara. Ed è per questo che non ho paura. Il tempo che mi resta voglio trascorrerlo così: con mio figlio, con te e con Max. È tutto ciò che posso desiderare."

Il nodo in gola si fece insopportabile, ma riuscii a mormorare: "Zofia, non posso immaginare questo posto senza di te."

Lei sorrise, un sorriso pieno di dolcezza. "E non devi immaginarlo, non ancora. Ci sono ancora tante cose che possiamo fare insieme. E poi…" fece una pausa, accarezzando Max, "ho bisogno di chiederti un favore."

Mi raddrizzai sulla sedia, cercando di scacciare le lacrime. "Qualsiasi cosa," dissi immediatamente.

Zofia guardò Max, e poi tornò a fissarmi. "Max… lui è il mio compagno più fedele, ma so che non potrà restare qui senza di me. E ho visto come ti guarda, come ti segue ovunque. Credo che lui abbia già scelto te."

Il mio respiro si fermò per un momento. "Zofia, non posso… non posso prendere il tuo cane. È tuo, è parte di te."

Lei scosse la testa, il sorriso più dolce che avessi mai visto. "No, Carolina. Lui è molto più di questo. Lui è amore, compagnia, forza. E tu avrai bisogno di tutte queste cose nel tuo viaggio. Ho visto come si è legato a te, e credo che sareste perfetti insieme."

Rimasi senza fiato, non riuscii a rispondere subito. Max, come se avesse capito, si avvicinò a me e poggiò la testa sulle mie ginocchia. Lo accarezzai, il cuore si stringeva per l'emozione.

"Ci penserò," mormorai, incapace di dire altro. Zofia annuì, come se avesse già accettato la mia risposta.

Quella notte, non riuscii a dormire. Le parole di Zofia mi rimbombavano nella testa, e il pensiero di perderla era un peso insopportabile. Guardai fuori dalla finestra: il cielo era limpido, pieno di stelle, e tutto sembrava così incredibilmente fragile.

Pensai a Kyoto, alla cartolina che aveva custodito per anni, e a come quel sogno non si fosse mai realizzato. Forse era questo che voleva insegnarmi: non lasciare mai che i miei sogni rimangano incompiuti.

I giorni che seguirono la rivelazione di Zofia furono strani, sospesi tra una calma apparente e una tensione sotterranea. Era come se il tempo avesse rallentato, ogni momento sembrava carico di significato, eppure la vita continuava con la stessa routine: il tè serale, i lavori sul van, le passeggiate con Max.

Zofia sembrava più serena di quanto avessi immaginato. Parlava con Tomasz di cose semplici, rideva dei ricordi condivisi e si assicurava sempre che Max fosse coccolato a dovere. Io, invece, mi ritrovavo spesso a osservarla, cercando di trattenere le lacrime ogni volta che il pensiero del futuro mi colpiva.

Tomasz era più presente, ma anche più silenzioso. Passava ore con sua madre, spesso chiusi in cucina a parlare. Quando tornava da quei momenti, il suo volto era segnato da una malinconia che cercava di nascondere dietro un sorriso debole.

Una sera, mentre Zofia era già andata a dormire, Tomasz e io restammo sul patio, immersi in un silenzio che sembrava amplificato dalla quiete della notte. L'aria fresca portava con sé l'odore del fieno, e sopra di noi, le stelle brillavano come minuscoli fari di un mondo più grande e misterioso. Max era acciambellato accanto a me, la sua presenza un conforto silenzioso.

Tomasz fissava l'orizzonte, con uno sguardo perso, come se cercasse risposte tra le ombre delle colline. "Lei te l'ha detto, vero?" chiese, rompendo il silenzio. La sua voce era bassa, quasi un sussurro.

Non c'era bisogno di chiedere cosa intendesse. Annuii, cercando le parole giuste. "Sì, me l'ha detto," ammisi piano. "Mi ha raccontato tutto."

Tomasz continuò a guardare lontano, stringendo il bordo della sedia con una mano. "Quando me l'ha detto, qualche settimana fa, è stato come se il mondo si fermasse. Mi ha guardato negli occhi e me l'ha detto con una calma che mi ha distrutto più di qualsiasi urlo o pianto. Non sapevo cosa fare. Ho pensato di andare via, di scappare."

Quelle parole mi sorpresero, ma aspettai che continuasse. "Eppure sei rimasto," osservai, cercando di catturare il suo sguardo. "Non sei scappato."

Tomasz finalmente si voltò verso di me, il volto rigato dalla tensione. "No," disse, scuotendo lentamente la testa. "Non questa volta. Lei è tutto ciò che ho, Carolina. E quando mi ha detto che stava male... ho capito che non potevo vivere con me stesso sapendo di averla lasciata sola."

"Non è facile," continuò Tomasz, con una voce che sembrava oscillare tra forza e fragilità. "Ogni giorno mi sveglio e mi chiedo se sto facendo abbastanza. Se sto dicendo le cose giuste. Se sto rendendo questi giorni un po' meno difficili per lei. Ma il dubbio... il dubbio mi divora."

Mi strinsi nel maglione, cercando di trovare le parole giuste. "Tomasz," dissi, il tono calmo ma fermo, "l'amore non è fatto di perfezione. È fatto di esserci, anche quando non hai le risposte. Anche quando non sai cosa dire o fare. Il fatto che tu sia qui, che tu stia affrontando tutto questo al suo fianco, è tutto ciò che conta per lei."

Lui mi guardò, i suoi occhi verdi carichi di un'emozione che sembrava sul punto di traboccare. "E se non fosse abbastanza?" chiese, la voce rotta. "E se non fosse sufficiente per lei, per tutto quello che ha fatto per me?"

Mi sporsi verso di lui, posando una mano sul suo braccio. "Tomasz, lei sa che la ami. Non c'è nulla che tu possa fare o dire per cambiare il modo in cui ti vede. Per lei, il tuo amore è tutto ciò che conta. E il fatto che tu sia qui... il fatto che tu non sia scappato... è la dimostrazione più grande di quanto tu tenga a lei."

Per un attimo, ci fu solo silenzio. Il fuoco del camino all'interno del cottage proiettava ombre morbide sulle pareti, e Max si stiracchiò ai miei piedi, sollevando il muso per guardarci.

"Non pensavo che sarei rimasto," ammise Tomasz, con un sorriso triste. "Per tutta la vita, ho avuto paura di restare troppo a lungo in un posto. È più facile andarsene, sai? Non lasciare radici, non lasciare un pezzo di te. Ma adesso... non riesco a immaginare di essere altrove."

Annuii, sentendo il peso delle sue parole. "Forse è questo il punto," dissi, scegliendo bene cosa dire. "Forse in questo caso il coraggio non sta nel partire, ma nel restare. Nel vivere ogni momento, anche quando fa male. Soprattutto quando fa male."

Tomasz sorrise debolmente, abbassando lo sguardo verso Max. "Sai, Carolina," disse infine, "a volte penso che tu abbia più risposte di quanto non voglia ammettere."

"Non ho risposte," risposi, scuotendo la testa. "Ma ho imparato che non serve averle tutte. Serve solo il coraggio di continuare, anche quando non sai dove ti porterà la strada."

Tomasz restò in silenzio per un momento, poi si voltò verso di me con un sorriso leggero, ma sincero. "Forse è questo il segreto," disse, guardandomi con una nuova luce negli occhi. "Non sapere dove stai andando, ma avere il coraggio di continuare a camminare."

Quelle parole erano così semplici, ma racchiudevano tutto ciò che stavo cercando di capire. "Esattamente", dissi piano. "E forse il viaggio non è solo per trovare risposte, ma per imparare a vivere senza averne sempre bisogno."

Tomasz rise piano, un suono che spezzò la tensione. "Dovresti scrivere un libro," disse, lanciandomi uno sguardo complice. "Carolina: la filosofa vagabonda per le strade del cuore."

Risi, scuotendo la testa. "Con un titolo del genere, venderebbe sicuramente milioni di copie."

"Non serve vendere milioni," ribatté, alzandosi dalla sedia. "Basta che lo legga qualcuno che ne ha bisogno."

Quelle parole rimasero con me mentre tornavamo dentro, il freddo della notte che ci avvolgeva. Forse non ero l'unica a essere cambiata in quelle settimane. E forse, tra tutti i suoi dubbi e i suoi silenzi, Tomasz stava trovando una parte di sé che non aveva mai conosciuto.

Nelle settimane a seguire, il corpo di Zofia sembrava essere sempre più stanco, i passi sempre più lenti, e il suo sorriso, pur presente, sembrava nascondere una rassegnazione che non riusciva più a celare del tutto.

Tomasz e io cercavamo di riempire le giornate con attività che potessero alleggerire l'atmosfera. Passavamo ore lavorando al van, dipingendo, sistemando i dettagli, e parlando poco. Era come se entrambi sapessimo che le parole avrebbero potuto far crollare quel fragile equilibrio.

Una mattina mi trovai seduta sul patio, con Max accanto. Guardavo le colline all'orizzonte, il sole stava sorgendo, c'erano dei colori meravigliosi. Max mi fissava con quegli occhi profondi e saggi, come se capisse tutto.

I passi di Zofia mi riportarono alla realta', mi voltai a guardarla. Si sedette a tavola con una calma particolare, sorseggiando lentamente la sua tisana. Poco dopo arrivò anche Tomasz. Entrambi ci sedemmo con lei che ci guardò con uno sguardo dolce ma determinato.

"Vorrei fare una passeggiata," disse piano, poggiando la tazza. "Non so se avrò ancora molte opportunità per farlo, e oggi il sole sembra così invitante."

Non ci fu bisogno di discutere. Tomasz e io ci alzammo quasi contemporaneamente, pronti ad aiutarla. "Andiamo," disse Tomasz, la voce calma ma ferma. "Ti portiamo al fiume, mamma."

Il percorso verso il fiume era tranquillo, i campi che circondavano il cottage si estendevano in un tappeto di verde brillante. Zofia camminava lentamente, tenendosi al braccio di Tomasz mentre Max le girava intorno, attento a ogni suo passo. Io seguivo poco dietro, osservando ogni dettaglio: il suono dei nostri passi sulla terra battuta, il vento che sussurrava tra gli alberi, il calore del sole che si posava delicato sulla pelle.

Quando arrivammo al fiume, Zofia si fermò, guardando l'acqua che scorreva lenta e tranquilla. "È così bello qui," disse, la sua voce appena un sussurro. "Non avrei potuto chiedere un posto migliore per dire addio."

Quelle parole mi colpirono come un pugno nello stomaco, ma Tomasz sembrò prenderle con una calma che solo un amore profondo poteva dare.

"Mamma," disse piano, "non è ancora il momento di dire addio."

Zofia sorrise, un sorriso dolce ma consapevole. "Lo so, Tomasz. Ma non dobbiamo avere paura di parlare della verità. Ogni giorno è un dono, e io voglio viverlo fino all'ultimo."

Ci sedemmo insieme sull'erba, Zofia tra noi due e Max accucciato ai suoi piedi. Parlammo di ricordi, di momenti passati che ci avevano fatto ridere, e Zofia raccontò ancora una volta la storia di come aveva incontrato il marito, una storia che avevamo sentito mille volte, ma che in quel momento sembrava più preziosa che mai.

Restammo li' quasi tutto il giorno e quando il sole iniziò a calare, tingendo il cielo di arancione e rosa, Zofia posò una mano sulle nostre. "Promettetemi una cosa," disse, il suo tono dolce ma fermo. "Promettetemi che vivrete. Non importa come, non importa dove, ma voglio che troviate la vostra felicità. La vostra strada."

Tomasz strinse la sua mano, il volto rigato dalle lacrime. "Te lo prometto, mamma," disse, la voce spezzata dall'emozione. "Farò del mio meglio."

Anche io annuii, cercando di trattenere le lacrime che mi bruciavano gli occhi. "Anche io, Zofia.

Non dimenticherò mai tutto quello che mi hai insegnato."

Lei sorrise, un sorriso che sembrava racchiudere tutta la pace del mondo. "Questo è tutto ciò che desidero," disse piano. "Sapere che vivrete, che porterete con voi un pezzo di me, ovunque andrete."

Quando tornammo al cottage, la luce del crepuscolo riempiva la stanza, e l'aria sembrava carica di un silenzio solenne. Zofia si ritirò presto, accarezzando Max un'ultima volta prima di salire nella sua stanza. Tomasz ed io restammo seduti davanti al camino, le fiamme che danzavano silenziose, senza bisogno di dire nulla.

Sapevamo entrambi che quel giorno sarebbe rimasto inciso nei nostri cuori per sempre. E, mentre il calore del fuoco ci avvolgeva, capii che l'eredità di Zofia non era solo nelle sue parole, ma nel modo in cui ci aveva insegnato a vivere, a trovare bellezza anche nei momenti più difficili.

Quando salimmo nelle nostre stanze, la notte
sembrava avvolgere la casa con un manto pesante.
Mi sdraiai sul letto, ma non riuscivo a chiudere
occhio. I pensieri correvano senza sosta, e ogni
tanto sentivo Max muoversi nel corridoio, come se
nemmeno lui trovasse pace.

Poco prima dell'alba, un rumore lieve mi svegliò.
Mi alzai e mi avvicinai alla porta della stanza di
Zofia. La trovai aperta, e la luce soffusa di una
lampada illuminava il suo volto. Era immobile, ma
serena, con Max accovacciato ai piedi del letto, il
muso appoggiato sulla coperta.

Tomasz era già lì, seduto accanto a lei. Non stava
piangendo, ma il suo viso era rigato dalle lacrime.
Quando mi vide, alzò appena lo sguardo, e con un
filo di voce disse: "Se n'è andata."

Sentii il mondo fermarsi. Le gambe sembravano
cedere, e il respiro diventò irregolare. Mi avvicinai
lentamente, posando una mano sulla spalla di
Tomasz, mentre le lacrime iniziavano a scorrere.

Zofia sembrava serena, come se avesse
semplicemente chiuso gli occhi per riposare. Le
sue mani erano intrecciate, e il volto, pur segnato
dal tempo, aveva un'espressione di pace che
sembrava dirci che aveva trovato il suo momento.

Passammo ore accanto a lei, in silenzio, lasciando che il dolore ci invadesse senza cercare di respingerlo. Max non si mosse mai dal letto, e ogni tanto sollevava il muso per guardarci, con quegli occhi profondi che sembravano comprendere tutto.

"Non so come andare avanti," disse Tomasz, rompendo il silenzio. La sua voce era spezzata, quasi un sussurro. "Lei era la mia casa. Era il mio punto fermo, anche quando ero lontano."

Mi girai verso di lui, stringendo le mani sulle ginocchia per trovare stabilità. "Non sarà facile," dissi, la voce tremante. "Ma lei voleva che continuassimo. Lo sai anche tu. Ha vissuto per noi fino all'ultimo momento."

Tomasz si passò una mano tra i capelli, il suo viso un misto di dolore e determinazione. "Aveva questa forza incredibile," disse piano. "Quella forza che non riesco a capire da dove venisse."

"Venne dall'amore," risposi senza esitazione. "Dall'amore che provava per te, per Max, per la vita. E quella forza vive anche in te, Tomasz. Che tu lo voglia o no."

Lui strinse i pugni. "Ma io avrei dovuto fare di più. Tornare prima. Passare più tempo con lei." La sua voce si spezzò, e io vidi le lacrime che cercava di trattenere.

Mi chinai in avanti, posando una mano sul suo braccio. "Hai fatto tutto quello che potevi," dissi con fermezza, cercando di farlo sentire compreso. "Non si tratta di quanto tempo hai passato qui, Tomasz. Si tratta di come l'hai fatto. E lei lo sapeva. Lo sapeva ogni volta che tornavi, ogni volta che l'abbracciavi."

"E se avesse voluto di più?" chiese, la voce un filo.

Scossi la testa lentamente, sentendo le lacrime che mi rigavano il viso. "Non credo che volesse di più. Credo che volesse esattamente quello che hai dato. Il tuo amore, Tomasz. Non importa quanto tempo avevi, quello che contava per lei era sapere che c'eri."

Tomasz si alzò di scatto, passando una mano tra i capelli. Fece un passo avanti, guardando fuori dalla finestra, verso il buio della notte. "Mi sento come se avessi fallito," disse, la sua voce carica di emozione repressa. "Come se tutto questo fosse un enorme vuoto che non riesco a colmare."

Mi alzai e lo seguii, rimanendo a pochi passi di distanza. "Non hai fallito, Tomasz," dissi con calma. "Sei qui, in questo momento. Hai portato il peso di tutto questo da solo, senza mai tirarti indietro. Questo non è fallire. Questo è amare."

Lui si voltò verso di me, e nei suoi occhi vidi un dolore profondo, ma anche una scintilla di comprensione. "E tu?" chiese, con un tono che mi sorprese. "Tu come fai a gestire tutto questo? Come riesci a sembrare così... forte?"

Sorrisi debolmente. "Non sono forte, Tomasz," ammisi. "Ho paura. Ogni giorno. Ho paura di perdermi, di non trovare mai quello che sto cercando. Ma sai una cosa? Zofia mi ha insegnato qualcosa che non dimenticherò mai. Mi ha insegnato che non importa quanto dolore proviamo. Importa solo come scegliamo di vivere nonostante quel dolore."

Tomasz rimase in silenzio per un momento, il suo respiro che si calmava lentamente. "Sai, Carolina," disse infine, "lei mi diceva sempre che dovevo imparare a fermarmi. Che la mia voglia di andare via, di muovermi sempre, era una fuga. E io non volevo ascoltarla. Forse aveva ragione. Forse è per questo che mi sento così vuoto."

Mi avvicinai, posandogli una mano sulla spalla. "Non è mai troppo tardi per imparare," dissi piano. "E non devi farlo tutto in una volta. Puoi iniziare con piccoli passi. Come essere qui, ora. A permettere a te stesso di sentire tutto questo, anche se fa male."

Lui annuì lentamente, un sorriso malinconico che si affacciò sulle sue labbra. "Sai cosa mi diceva sempre?" chiese, guardandomi con occhi lucidi. "Diceva che non importa quanto viaggi o dove vai, porti sempre con te le persone che ami. E io penso che, per quanto lontano andrò, lei sarà sempre qui." Si portò una mano al petto, battendola leggermente, come a indicare il cuore.

Il silenzio che seguì non era più pesante. Era un silenzio pieno di comprensione, di connessione. Tornammo a sederci accanto al camino, e per un attimo, sembrava che il tempo si fermasse. Max si accoccolò vicino a Tomasz, e lui gli accarezzò la testa con gesti lenti, quasi meditativi.

"Promettimi una cosa, Carolina," disse Tomasz, il tono improvvisamente serio. "Promettimi che continuerai a viaggiare, che troverai quello che stai cercando. Non smettere, nemmeno quando fa paura."

Lo guardai, sentendo il peso di quelle parole. "Te lo prometto," risposi. "Ma solo se anche tu prometti di fermarti ogni tanto. Di lasciarti trovare, Tomasz."

Lui rise piano, ma annuì. "Ci proverò," disse. "Ma non garantisco che sarò bravo quanto te a trovare un senso nelle cose."

"Non si tratta di essere bravi," risposi con un sorriso. "Si tratta solo di provarci.

Il giorno del funerale, il cottage sembrava più vuoto che mai. La luce del sole entrava timidamente dalle finestre, come se anche la natura comprendesse la solennità del momento.

Tomasz insistette per portare l'urna di sua madre fino al fiume, dove avevamo passato quell'ultima passeggiata insieme. Lo seguii, con Max che ci accompagnava in silenzio, come se capisse l'importanza del momento.

Quando arrivammo, Tomasz si fermò accanto alla riva, tenendo l'urna con entrambe le mani. "Qui è dove voleva essere," disse, la voce ferma nonostante le lacrime che gli scorrevano lungo il viso. "Qui è dove ha trovato pace."

Rimanemmo in silenzio mentre lasciava cadere le ceneri nel fiume. L'acqua le accolse dolcemente, portandole via con una grazia che sembrava quasi divina. Max si avvicinò alla riva, abbaiando piano, come se stesse salutando Zofia per l'ultima volta.

"Ho pensato molto a cosa fare adesso," iniziò Tomasz, rompendo il silenzio. "Dopo tutto quello che è successo... non credo di poter continuare a muovermi come prima. Non subito, almeno."

Lo guardai, aspettando che continuasse. "Voglio restare qui per un po'," disse infine, lo sguardo fisso fuori dalla finestra. "Prendermi cura di questo posto. Dei ricordi che ha lasciato mia madre. E forse... trovare me stesso in questo silenzio."

Le sue parole mi provocarono un misto di sollievo e malinconia. "È quello che vuoi davvero?" gli chiesi, la mia voce più bassa di quanto avessi previsto.

Lui annuì lentamente. "Sì. Per la prima volta in vita mia, sento che fermarmi è la scelta giusta. Non è una fuga, Carolina. È una promessa. A lei. E forse anche a me stesso."

Tomasz si girò verso Max, accarezzandogli la testa con una tenerezza che mi fece stringere il cuore. "Ma c'è qualcosa che voglio chiederti," disse, guardandomi con intensità. "Max... vorrei che lo portassi con te, e so che avrebbe voluto anche lei"

La mia bocca si aprì, ma nessuna parola uscì. "Tomasz, io... non posso. È tuo. Era di tua madre. Lui appartiene a te."

Lui scosse la testa, un sorriso dolce ma deciso sulle labbra. "No, Carolina. Max appartiene al viaggio. A quel sogno che lei non ha potuto completare. E so che lei avrebbe voluto che lo facesse con te. Inoltre... io non vado da nessuna parte. Lui ha bisogno di movimento, di scoprire il mondo. E tu sei la persona giusta per questo."

Gli occhi di Max si alzarono verso di me, come se anche lui stesse aspettando la mia risposta. Mi sentii sopraffatta, ma c'era qualcosa nel modo in cui Tomasz parlava che mi fece capire che questa era la cosa giusta da fare.

"Allora è deciso?" chiesi, cercando di trattenere le lacrime. "Mi stai davvero affidando Max?"

Tomasz annuì, il suo sorriso carico di malinconia. "Sì. E so che ti prenderai cura di lui come ha fatto lei. Forse meglio. Ma c'è una condizione."

Lo guardai con curiosità, e lui continuò. "Quando sarai pronta, quando avrai trovato quello che stai cercando... saprai dove trovarmi. Sarò qui. E voglio che torni a raccontarmi tutto."

Il mio cuore si riempì di calore. "Tomasz..." iniziai, ma lui alzò una mano per fermarmi.

"Non c'è bisogno di risposte adesso," disse, con un sorriso che nascondeva un dolore evidente. "Solo promesse. E so che manterrai la tua.

Passammo il resto della giornata insieme, parlando di tutto e di niente. Max sembrava più vigile del solito, come se sentisse che qualcosa stava per cambiare. Quando il sole iniziò a calare, Tomasz mi accompagnò fino al van.

Si fermò accanto al portellone, guardandomi con un'intensità che sembrava volermi imprimere nella sua memoria. "Non sarà facile," disse. "Ma non dimenticare: ogni passo che fai è il passo giusto, finché segui il tuo cuore."

"E tu?" chiesi, la voce tremante. "Cosa farai mentre io sarò via?"

Lui sorrise, un sorriso carico di speranza. "Aspetterò. E imparerò a trovare pace qui, in questo posto che lei amava così tanto."

Max saltò sul sedile accanto al mio, girandosi verso Tomasz come per salutarlo. Mi girai anch'io, stringendo il volante con forza per nascondere l'emozione. "Tomasz," dissi, cercando le parole, "grazie per tutto. Per quello che hai fatto, per quello che sei. Non dimenticherò mai questo posto. E non dimenticherò mai te."

Lui si chinò verso la finestra, appoggiando una mano sul telaio. "Buon viaggio, Carolina. Trova quello che stai cercando. E ricordati: le strade portano sempre da qualche parte, anche quando non sembra."

Sorrisi, un sorriso pieno di gioia e malinconia allo stesso tempo.

Tomasz fece un passo indietro, come se fosse pronto a lasciarmi andare. Ma poi si fermò improvvisamente, battendo una mano sulla tasca del suo giubbotto. "Ah, quasi dimenticavo," disse, il tono volutamente casuale, anche se il suo sguardo tradiva l'importanza del gesto.

Tirò fuori una piccola cartolina, logora ai bordi ma ancora vibrante nei colori. Me la porse con delicatezza, e quando la presi, le mie mani tremarono leggermente.

Era la cartolina di Kyoto. Il tempio tra i ciliegi in fiore, il cielo limpido e le parole scritte sul retro che conoscevo già, ma che sembravano nuove sotto i miei occhi.

"Zofia voleva che fosse tua," disse Tomasz, la sua voce quasi un sussurro. "Mi disse che questa cartolina doveva continuare il suo viaggio, anche se lei non poteva. E ha scelto te per portarla lì."

Sentii un nodo stringermi la gola. "Non posso accettarla," balbettai. "Era il suo sogno, Tomasz. Non voglio toglierglielo."

Lui scosse la testa, il sorriso velato di malinconia. "Non glielo togli, Carolina. Glielo dai. Ogni chilometro che farai con questa cartolina, ogni passo che ti avvicinerà a quel posto... sarà come se anche lei fosse lì. È quello che voleva."

Le lacrime iniziarono a rigarmi il viso, ma non cercai di nasconderle. Stringevo la cartolina tra le mani, come se fosse un frammento di Zofia che stavo portando via con me. "Grazie," sussurrai. "Grazie per avermela affidata. E... grazie a lei per aver creduto in me."

Tomasz si sporse leggermente, il suo volto pieno di una dolcezza che non avevo mai visto prima. "Sai," disse piano, "lei diceva sempre che le persone che viaggiano non sono mai davvero sole. Portano con sé i sogni di chi li ama. E tu, Carolina, porti più di quanto pensi."

Accesi il motore, il suono familiare che sembrava darmi coraggio. Mentre mi allontanavo lungo il sentiero, il cottage e Tomasz diventavano sempre più piccoli nel retrovisore. Ma il peso di quel momento, e tutto ciò che avevamo condiviso, rimase con me.

Con Max accoccolato accanto a me e la cartolina di Kyoto sul cruscotto, sentii che il viaggio che mi aspettava sarebbe stato diverso. Non era solo un viaggio per scoprire il mondo, ma per scoprire me stessa. E ora, con Max e Zofia simbolicamente al mio fianco, ero pronta ad affrontare ogni chilometro che mi separava da quel sogno.

Verso il Giappone

Il van procedeva lento, seguendo strade che si snodavano tra colline e vallate. Max era accovacciato accanto a me, la testa appoggiata sul sedile del passeggero, con le orecchie che si muovevano ogni volta che un suono nuovo attraversava l'abitacolo. Il rumore del motore e il lieve tintinnio degli oggetti nello scomparto posteriore riempivano il silenzio, creando una melodia rassicurante che accompagnava il nostro viaggio.

Le giornate sembravano fondersi l'una nell'altra. Attraversammo paesi con case dai tetti spioventi e piccoli mercati, dove la vita scorreva lenta. Ogni tanto ci fermavamo per riempire le scorte o semplicemente per riposare, ma non mi soffermavo troppo. C'era qualcosa di urgente che mi spingeva avanti: l'immagine del tempio sulla cartolina, un simbolo di tutto ciò che avevo promesso. Max era diventato il mio compagno di viaggio ideale. Quando parcheggiavo il van per la notte, lui mi seguiva con passo tranquillo, esplorando ogni angolo del posto dove ci fermavamo. Ogni tanto si fermava, alzava il muso e sembrava annusare qualcosa che io non potevo percepire. Poi tornava da me, come per assicurarsi che fossi ancora lì.

C'era un momento, una sera in particolare, che mi colpì profondamente. Eravamo fermi in un'area boschiva lungo un lago. Il cielo era limpido, e le stelle si riflettevano nell'acqua. Mi sedetti vicino al fuoco che avevo acceso e Max si accucciò accanto a me, poggiando la testa sulle mie gambe.

"Sai, Max," gli dissi, accarezzandogli il pelo dorato, "ci sono momenti in cui mi chiedo se sto facendo la cosa giusta. Ma poi ti guardo, e mi sembra di sì. Mi sembra che questa strada, con te accanto, abbia un senso." Max alzò il muso verso di me, come se avesse capito, e mi leccò la mano, un gesto semplice ma pieno di affetto. Era come se mi stesse dicendo che, qualunque fosse la meta, bastava essere lì, insieme.

Giorno dopo giorno, non potevo fare a meno di riflettere su quanto tutto sembrasse connesso, quasi come se fosse stato scritto dal destino.

Il Giappone era stato il mio sogno fin dall'inizio, molto prima che conoscessi Zofia. Era sempre stato un pensiero lontano, un desiderio nascosto tra le pieghe della quotidianità, che non avevo mai avuto il coraggio di trasformare in realtà. Eppure, in qualche modo, il destino aveva trovato il modo di portarmici, intrecciando il mio viaggio con quello di persone che non avrei mai immaginato di incontrare.

Pensai a quella foratura, a quel momento che, all'apparenza, era stato solo un piccolo imprevisto. Era stato invece l'inizio di tutto. Mi aveva portata da Zofia, con il suo cottage accogliente, la sua saggezza infinita e quella cartolina che ora riposava sul cruscotto accanto a me. Mi aveva insegnato a rallentare, a vedere le cose per quello che erano, e non solo per quello che sembravano.

E poi c'era Tomasz. Non avrei mai immaginato di trovare una connessione così profonda con qualcuno lungo la strada. Lui era stato una tempesta e un rifugio al tempo stesso. Mi aveva fatto ridere nei momenti più difficili, mi aveva insegnato che la libertà ha sempre un prezzo, ma che vale la pena pagarlo. E, alla fine, mi aveva mostrato la forza di lasciar andare, di separarsi per permettere a ciascuno di seguire la propria strada.

Era strano pensare a come ogni singolo pezzo si fosse incastrato perfettamente. Senza quella foratura, senza Zofia, senza Tomasz, non sarei mai arrivata qui. Eppure, ogni incontro, ogni ostacolo, sembrava aver avuto uno scopo preciso, come se il destino avesse guidato ogni mio passo.

Guardai Max, accoccolato accanto a me. Anche lui faceva parte di questo disegno più grande. Non era solo un compagno di viaggio; era un simbolo di tutto ciò che avevo imparato lungo la strada: la fedeltà a me stessa, il coraggio di affrontare l'ignoto, e l'amore che persiste anche nelle separazioni.

"Forse è davvero così," pensai, con un sorriso malinconico. "Forse tutto questo doveva accadere. Forse ogni passo mi ha portato più vicina non solo al Giappone, ma a una versione di me stessa che non avevo mai conosciuto."

Il tempio di Kyoto non era solo una meta. Era il punto in cui avrei creato qualcosa di nuovo, di unico. Una promessa mantenuta, un sogno realizzato, e una nuova pagina pronta per essere scritta.

Ogni confine che superavamo era come aprire un nuovo capitolo. Dal verde intenso delle foreste russe alle distese desolate della Mongolia, ogni luogo aveva una sua bellezza unica, ma non mi fermavo a lungo.

Quando raggiungemmo la Cina, il paesaggio iniziò a cambiare. Le montagne si alzavano maestose all'orizzonte, e i villaggi lungo la strada sembravano usciti da un'altra epoca. Max sembrava incuriosito da tutto: gli odori, i suoni, persino i piccoli mercati dove si mescolavano spezie e profumi che non avevo mai sentito prima.

"Non siamo lontani ormai," dissi a Max un giorno, mentre il tempio di una piccola città si stagliava contro il cielo. "Ancora qualche confine, e saremo lì."

Nonostante la stanchezza, c'era qualcosa di potente che mi spingeva avanti. Ogni chilometro percorso era un passo in più verso la promessa fatta a Zofia. Ogni notte passata nel van, con Max accoccolato accanto a me, mi avvicinava al luogo che per tanto tempo avevo immaginato solo nella mia mente.

Eppure, non era solo Kyoto ad aspettarmi. Era il viaggio stesso che mi stava trasformando, che stava dando un senso a tutto ciò che avevo lasciato.

Era nei momenti di silenzio, nei paesaggi mozzafiato e nei sorrisi di sconosciuti che mi rendevo conto di quanto il mondo fosse vasto e pieno di possibilità.

Proseguendo lungo la strada che ci avrebbe portati a Kyoto, decisi di fermarmi in un piccolo villaggio che sembrava emergere dal passato. Fenghuang, la "Città della Fenice". Si adagiava lungo le rive del fiume Tuojiang, con le sue case in legno sospese su palafitte che si specchiavano nell'acqua scura e calma. Le luci soffuse delle lanterne rosse, appese lungo le strade e sui balconi, ondeggiavano dolcemente nel vento, creando un'atmosfera che sembrava uscita da una fiaba.

Max balzò giù dal van con entusiasmo, la coda che si muoveva velocemente mentre annusava l'aria fresca. Mi fermai per un momento, inspirando profondamente. L'odore del legno umido, misto al profumo di spezie e cibo appena cucinato, mi avvolse, risvegliando i sensi stanchi dal lungo viaggio.

Camminai lungo una delle passerelle in pietra che costeggiavano il fiume, osservando il movimento del villaggio. Barche strette e lunghe, simili a gondole, scivolavano lentamente sull'acqua, guidate da barcaioli con cappelli di paglia. Sulle rive, alcune donne anziane lavavano i panni nel fiume, immerse fino alle ginocchia, mentre altre sistemavano ceste di frutta e verdura sui gradini che scendevano verso l'acqua.

I vicoli acciottolati erano stretti e tortuosi, fiancheggiati da piccoli negozi e bancarelle che vendevano di tutto: dai manufatti artigianali ai dolci tradizionali. Un vecchio uomo, seduto su uno sgabello di bambù, lavorava con pazienza un pezzo di legno, trasformandolo lentamente in una statuetta intricata. Mi fermai a guardarlo per un momento, affascinata dalla precisione dei suoi movimenti.

Un gruppo di bambini correva nei vicoli, inseguendosi tra le lanterne e ridendo a squarciagola. Il suono delle loro voci si mescolava con quello degli strumenti tradizionali suonati da un musicista di strada, il cui guzheng, un'antica cetra cinese, emanava note malinconiche e ipnotiche.

Max si fermò accanto a una bancarella dove una donna anziana vendeva ravioli appena cotti. "Questo tuo cane ha buon gusto," disse la donna in un inglese fluido ma gentile, mentre si chinava per accarezzarlo. Poi si girò verso di me. "Vuoi assaggiare? Sono ripieni di carne e spezie locali."

Presi un raviolo caldo tra le mani e lo addentai. Il sapore intenso delle spezie, combinato con la morbidezza della pasta, esplose in bocca. Era semplice ma perfetto, un riflesso di quel villaggio: autentico e pieno di vita.

Ringraziai e mi lasciai trasportare da quelle strade pittoresche. Attraversai uno dei ponti di pietra che collegavano le due sponde del fiume. Le arcate del ponte si riflettevano nell'acqua, creando un'immagine quasi speculare che mi fece fermare per qualche istante. Guardando il riflesso, non potei fare a meno di pensare a quanto lontano fossi arrivata, a quanto il viaggio avesse già cambiato qualcosa dentro di me.

Al centro del villaggio, una piazza si apriva come un piccolo teatro. Una giovane donna, vestita con un abito tradizionale dai colori sgargianti, eseguiva una danza accompagnata da tamburi e flauti. La sua grazia e i movimenti fluidi ipnotizzarono il pubblico, me compresa.

Mi sedetti su uno dei gradini di pietra che circondavano la piazza, con Max accoccolato accanto a me, mentre il giorno scivolava dolcemente nella sera. Le lanterne rosse, ora accese, creavano un'atmosfera magica, e il villaggio sembrava pulsare di vita, come se non dormisse mai.

Un vecchio con una bancarella dall'altro lato della strada, con un sorriso che trasmetteva calore, mi fece cenno di avvicinarmi. Esitai per un attimo, ma c'era qualcosa in lui che mi metteva a mio agio.

"Sei di passaggio, vero?" chiese l'uomo, versando lentamente del tè in una tazza. La sua voce era bassa, ma piena di una saggezza che sembrava provenire da un altro tempo.

"Sì," risposi, accettando la tazza che mi porgeva. "Sto andando a Kyoto."

Lui annuì lentamente, come se conoscesse già la mia destinazione. "Kyoto è un luogo speciale," disse. "Ma sai, a volte il posto che cerchiamo non è mai come ce lo immaginiamo. Cosa ti porta lì, ragazza?"

Mi fermai un attimo, sorseggiando il tè caldo. "Una promessa," dissi infine. "E forse anche un po' di me stessa."

L'uomo sorrise, accarezzandosi la lunga barba bianca. "Le promesse sono cose potenti. Ma ricordati che, quando le mantieni, non devi dimenticare te stessa nel processo."

Max, accovacciato accanto a me, sollevò il muso come se stesse ascoltando anche lui.

"Vedi quel fiume laggiù?" disse il vecchio, indicando il piccolo corso d'acqua che scorreva tranquillo dietro le case. "Scorre sempre, senza mai fermarsi, eppure porta con sé tutto ciò che incontra: foglie, pietre, storie. Non cerca di trattenere nulla, ma ogni cosa lascia un segno, anche se invisibile. La vita è così. Non trattenere troppo, ma permetti a tutto di lasciarti qualcosa."

Quelle parole mi colpirono profondamente. Era come se stesse parlando direttamente alla parte più insicura di me, quella che temeva di perdere troppo nel viaggio o di non essere abbastanza per raggiungere la meta.

"Ma non è difficile?" chiesi. "Lasciare andare? Accettare che non possiamo tenere tutto?"

L'uomo sorrise, questa volta con un'ombra di malinconia negli occhi. "È difficile, sì. Ma è necessario. Perché ciò che rimane con noi, alla fine, non sono le cose che tratteniamo, ma quelle che ci cambiano. Quelle che ci rendono chi siamo."

Prima che andassi via, il vecchio prese qualcosa da una piccola borsa accanto a lui. Era una pietra liscia, levigata dal fiume. Me la porse, stringendo la mia mano tra le sue rugose.

"Tienila," disse. "Quando arriverai a Kyoto, lasciala lì, vicino al tempio. Sarà il mio modo di accompagnarti. E il tuo modo di ricordare che ogni cosa ha il suo viaggio."

Non riuscii a rispondere subito. Le parole mi sembravano insufficienti per esprimere quanto quel gesto mi avesse toccato. Alla fine, riuscii solo a dire: "Grazie. La porterò con me."

Mentre salivo di nuovo sul van con Max, sentii un senso di gratitudine profonda. Guardai la pietra nella mia mano, un oggetto semplice, ma carico di significato. Max si sistemò accanto a me, appoggiando il muso sulla mia gamba, come per farmi capire che anche lui era pronto a proseguire.

Accesi il motore e guardai per un momento lo specchietto retrovisore. Il vecchio era ancora lì, seduto su quella sediolina di legno, con lo stesso sorriso sereno. Alzò una mano in segno di saluto, e io ricambiai, sapendo che quelle parole e quel gesto sarebbero rimasti con me a lungo.

Mentre ci allontanavamo, il villaggio spariva lentamente dietro di noi, ma il suo insegnamento mi seguiva, così come la promessa di mantenere il mio viaggio autentico e libero. E ora, con un nuovo senso di consapevolezza, ero pronta a raggiungere Kyoto.

Quella stessa notte parcheggiai il van in un piccolo spiazzo ai margini del villaggio, vicino a un boschetto di bambù. Max si sistemò accanto a me mentre accendevo una piccola luce per rileggere la cartolina di Zofia. Guardai il tempio raffigurato e pensai a quanto tutto ciò fosse connesso. Fenghuang, con la sua atmosfera sospesa nel tempo, sembrava quasi un preludio perfetto al luogo che avrei raggiunto.

"Max," sussurrai, accarezzandogli il pelo morbido, "ci siamo quasi. Pensa a quanto abbiamo visto e fatto finora. E ora siamo qui, a un passo dal completare questa promessa."

Max alzò il muso, fissandomi con i suoi occhi sinceri, come se capisse ogni parola. Fu in quel momento che sentii una calma profonda. Fenghuang non era solo una tappa, era un promemoria: che ogni luogo lungo il cammino aveva un ruolo da giocare, ogni incontro un significato da portare con sé.

Kyoto

Il viaggio mi aveva portata attraverso strade tortuose e paesaggi che sembravano appartenere a un altro mondo, ma nulla poteva prepararmi alla vista che mi accolse quando finalmente raggiunsi Kyoto. La città si svelò come un quadro antico, un perfetto equilibrio tra la bellezza selvaggia della natura e l'eleganza discreta dell'architettura tradizionale giapponese.

Il van scese lentamente lungo una strada costeggiata da alberi di acero, le cui foglie rosse e dorate cadevano con grazia, danzando nell'aria come coriandoli d'autunno. Il vento trasportava un profumo unico: un misto di muschio, legno bruciato e un leggero accenno di tè verde. Max, sul sedile accanto a me, sembrava incuriosito da ogni suono, da ogni movimento fuori dal finestrino.

Attraversai un ponte di legno che si estendeva sopra un piccolo fiume, le cui acque riflettevano il cielo limpido e i colori vividi degli alberi. Lungo il percorso, gruppi di persone passeggiavano lentamente, alcune vestite in abiti tradizionali come i kimono, altre in abiti moderni, ma tutte sembravano immerse in una calma quasi contagiosa.

Dopo ore di guida persa tra quei paesaggi mozzafiato, il mio stomaco iniziò a brontolare, ricordandomi che era tempo di fermarmi per un pasto. Parcheggiai il van in un piccolo spiazzo e seguii un sentiero che conduceva a una stradina laterale, piena di insegne in legno dipinte a mano. Le lanterne rosse, appese sopra le porte dei negozi, si accendevano gradualmente mentre il sole cominciava a calare, creando un'atmosfera intima e calda.

Alla fine della strada trovai un ristorante tradizionale con una tenda di stoffa sopra l'ingresso. L'interno era accogliente, con tavolini bassi e cuscini per sedersi a terra. Le pareti erano decorate con pergamene di calligrafia e ventagli colorati. Mi tolsi le scarpe, come richiedeva la tradizione, e un'anziana signora, con il volto segnato dal tempo ma illuminato da un sorriso caloroso, mi accolse.

"Benvenuta!" disse in un inglese stentato ma affettuoso. "Prima volta qui?"

"Prima volta in Kyoto," risposi, ricambiando il sorriso. Max si accucciò ai miei piedi, attirando subito l'attenzione della donna.

"Oh, un compagno fedele," disse accarezzandogli la testa. "Avete bisogno di energia per esplorare. Vi porto qualcosa di speciale."

Pochi minuti dopo, la signora tornò con un vassoio colmo di piatti che sembravano piccoli capolavori artistici. C'era una ciotola di ramen fumante, con un brodo dorato che profumava di zenzero e aglio, guarnito con uova morbide, cipollotti e fettine di maiale perfettamente caramellate. Accanto, una porzione di sushi, con pesce fresco che brillava come pietre preziose, e una piccola ciotola di verdure sottaceto dal colore vibrante.

Il primo sorso del ramen mi fece chiudere gli occhi per l'emozione. Il brodo era ricco e confortante, ogni ingrediente un piccolo universo di sapori. Le verdure sottaceto aggiungevano una nota croccante e leggermente acida, un perfetto equilibrio con la morbidezza del resto.

Max osservava attentamente ogni mia mossa, probabilmente sperando in un assaggio. La signora, notando il suo sguardo insistente, tornò con una piccola ciotola di riso e pollo per lui. "Anche i viaggiatori a quattro zampe devono mangiare bene," disse con una risata.

Mentre finivo il mio pasto, la porta del ristorante si aprì, e un uomo sulla quarantina entrò con un'aria rilassata e sicura di sé. Indossava un kimono moderno, abbinato a scarpe casual, una combinazione che mescolava tradizione e modernità.

"Un'altra viaggiatrice," disse notando il mio tavolo. Si rivolse alla proprietaria in un giapponese fluente, ordinando un tè. Poi si girò verso di me. "Posso sedermi? Non capita spesso di incontrare qualcuno che viaggia con un cane."

Esitai per un momento, ma la sua presenza aveva un'energia piacevole. "Certo," risposi.

Si sedette, posando un piccolo taccuino sul tavolo. "Sono Kenta," disse con un sorriso disarmante. "E tu?"

"Carolina," risposi. "Sto viaggiando verso Kyoto… o meglio, sono appena arrivata."

Parlammo per un po'. Mi raccontò che era un artista e che stava lavorando a una serie di dipinti ispirati ai viaggiatori che incontrava lungo la strada. "Ogni volto ha una storia," disse, indicando il mio con un gesto teatrale. "E tu hai l'aria di una che ha tante storie da raccontare."

Risi, sentendomi curiosamente a mio agio. Mi mostrò alcuni dei suoi schizzi: paesaggi delicati,

visi espressivi, scene quotidiane piene di vita.
Max, curioso, appoggiò il muso sul tavolo,
guadagnandosi un altro schizzo rapido sul suo
taccuino.

"Carolina," disse Kenta, mentre sorseggiava il tè
verde fumante. "È curioso come ci troviamo in
certi posti senza sapere esattamente perché, vero?"
Il suo tono era leggero, ma la domanda sembrava
nascondere qualcosa di più profondo.

Annuii, posando le bacchette accanto alla ciotola
vuota del ramen. "Sì, eppure a volte sembra che
tutto abbia un senso, anche se non lo capiamo
subito." Guardai fuori dalla finestra, osservando le
lanterne rosse che ondeggiavano nel vento. "Penso
che sia questo che rende il viaggio così speciale.
Non è solo il luogo che raggiungi, ma quello che
impari lungo la strada."

Kenta appoggiò il gomito sul tavolo, interessato.
"E cosa hai imparato, lungo la tua strada?" chiese
con un sorriso curioso.

Mi fermai un attimo, lasciando che le sue parole
risuonassero dentro di me. "Ho imparato che la
vita è fatta di piccole cose," risposi lentamente,
quasi assaporando le parole. "Una tazza di tè
condivisa, un sorriso, una passeggiata con il tuo

cane… Sono queste cose che ci ricordano chi siamo."

Kenta annuì, portando la tazza di tè alla bocca. "Sembra una grande verità," disse. Poi, con un lampo di ironia negli occhi, aggiunse: "Sei sicura di non essere un poeta in incognito?"

Risi, scuotendo la testa. "No, nessun poeta. Solo qualcuno che ha incontrato persone straordinarie lungo la strada." Feci una pausa, il pensiero di Zofia che mi attraversava la mente. "Come una donna che una volta mi ha insegnato che il tempo non è qualcosa da riempire, ma da vivere. Che anche quando sembra che sia troppo tardi per qualcosa, non lo è mai davvero."

Kenta appoggiò la tazza, incuriosito. "Raccontami di lei."

Mi fermai per un momento, guardando Max accanto a me, come se cercassi nel suo sguardo il coraggio per aprirmi. "Si chiamava Zofia. L'ho incontrata per caso, quando il mio van si è rotto vicino al suo cottage. Mi ha offerto un posto dove stare per un po', ma mi ha dato molto di più. Mi ha insegnato a vedere la bellezza nelle cose semplici, a non avere paura di fermarmi e a non ignorare i sogni, nemmeno quelli che sembrano impossibili."

Kenta rimase in silenzio per un attimo, assaporando le mie parole. Poi sorrise. "Deve essere stata una persona incredibile."

"Sì," dissi, con un nodo in gola che mi sforzai di nascondere. "Lei non è più qui, ma il suo spirito... la sua saggezza sono con me ogni giorno. E sai qual è la cosa più strana? Senza di lei, non sarei qui. Non avrei probabilmente avuto il coraggio di arrivare così lontano."

Kenta appoggiò il mento sulla mano, guardandomi con uno sguardo pensieroso. "Sai," disse infine, "mi hai appena ricordato qualcosa che mi diceva mio nonno. Diceva che la vita non è altro che una serie di incontri. Alcuni brevi, altri lunghi, ma tutti lasciano un segno. Forse non sempre lo capiamo, ma ogni incontro è come una pennellata su una tela."

"È vero," risposi, sorridendo. "Zofia diceva che ogni passo del viaggio conta, anche quelli che sembrano portarci fuori strada. Perché sono proprio quei passi a mostrarci chi siamo e cosa vogliamo davvero."

Max, come se percepisse la gravità del momento, alzò il muso e si stiracchiò, attirando l'attenzione di Kenta. "Anche il tuo cane sembra aver imparato molto da lei," disse Kenta con una risata. "Ha l'aria di uno che sa già tutto della vita."

Accarezzai Max, che si accucciò accanto alla mia sedia. "Lui è il promemoria vivente di quello che mi ha insegnato. L'amore, la pazienza, la forza. Tutto ciò che serve per affrontare il viaggio."

Quando fu il momento di andare, Kenta si alzò, lasciando una banconota accanto alla tazza di tè. "Sai, Carolina," disse, guardandomi con uno sguardo che sembrava vedere più di quanto volessi mostrare, "forse Kyoto non è solo una meta per te. Forse è il punto in cui i fili della tua storia si intrecciano."

Portai quella frase con me, mentre – uscendo dal ristorante - Kyoto mi accoglieva con la sua calma, il suo calore, e ogni passo mi avvicinava a qualcosa di più grande.

Con una piccola borsa di dolci di riso gentilmente offerta dalla proprietaria, non potei fare a meno di sorridere. L'incontro con Kenta, così spontaneo e casuale, mi aveva ricordato quanto fosse importante vivere il momento, aprirsi agli altri, anche quando il viaggio sembrava solitario.

Guardai il biglietto che mi aveva lasciato prima di andarsene, con il suo indirizzo e un piccolo disegno di Max accanto al mio van. "Se mai vorrai raccontarmi la tua storia, sai dove trovarmi," aveva detto con un sorriso.

Ripensai a Zofia, a Tomasz, a tutto ciò che avevo lasciato e trovato lungo la strada. Il viaggio continuava a sorprendermi, come se ogni passo fosse guidato da una mano invisibile che sapeva esattamente dove volevo – e dove avevo bisogno – di andare.

Max scodinzolò accanto a me, e il suono delle sue zampe contro i ciottoli mi riportò alla realtà. Era ora di trovare il tempio della cartolina, ma Kyoto aveva già iniziato a lasciare il suo segno su di me.

Mentre mi lasciavo trasportare da quell'aria così speciale e così nuova, decisi che quella notte avrei lasciato il van per immergermi completamente nell'atmosfera di Kyoto. Avevo letto dei ryokan, le tradizionali locande giapponesi, e l'idea di fermarmi in un luogo così intriso di cultura e tranquillità mi attirava irresistibilmente.

"Che ne dici, Max? Una notte di lusso per cambiare?" Lui inclinò la testa, come se avesse compreso perfettamente il mio piano.

Trovai un piccolo ryokan nascosto tra gli alberi di acero e bambù, il Ryokan Ginkaku, il cui nome mi riportò alla mente il tempio d'argento di cui avevo letto nelle guide. L'ingresso era segnato da una porta scorrevole in legno, con una tenda noren color crema decorata da caratteri giapponesi eleganti e stilizzati. L'edificio sembrava una cartolina: il tetto curvo ricoperto di tegole scure, i muri bianchi intonacati con cura, e un piccolo giardino zen davanti, con pietre disposte armoniosamente e una lanterna di pietra che emanava una luce calda.

Appena varcai la soglia, una donna anziana, vestita con un kimono decorato da delicati motivi floreali, mi accolse con un sorriso profondo e gentile.

"Irasshaimase," disse con una voce melodiosa, invitandomi a togliere le scarpe e ad indossare un paio di comode pantofole.

Max attirò subito la sua attenzione. Lei si chinò con grazia, accarezzandogli la testa. "Oh, un ospite speciale," disse in inglese, con quell'accento leggero a cui mi stavo ormai abituando. "I cani sono sempre benvenuti qui."

Mi rilassai immediatamente. Il profumo delicato dell'incenso riempiva l'aria, mischiandosi al leggero aroma di tè verde appena preparato. I pavimenti in tatami scricchiolavano lievemente sotto i miei passi, e ogni dettaglio dell'ambiente sembrava studiato per trasmettere calma: i pannelli scorrevoli in carta di riso, i vasi con ikebana minimalisti, e una musica tradizionale che proveniva da una stanza lontana.

La donna mi condusse alla mia stanza, aprendola con un gesto fluido. L'interno era un'esplosione di semplicità e bellezza. Un futon perfettamente arrotolato era disposto su un tatami immacolato, accanto a un piccolo tavolino basso con due cuscini per sedersi. Un vaso di ceramica ospitava un singolo fiore di camelia, mentre una finestra scorrevole dava su un giardino interno con un laghetto e una piccola cascata.

Max si sdraiò subito accanto al futon, come se avesse sempre vissuto in un luogo del genere. Mi sedetti sul cuscino, lasciando che il silenzio mi avvolgesse. C'era qualcosa di incredibilmente terapeutico in quell'ambiente: nessun rumore artificiale, nessuna distrazione. Solo il suono dell'acqua che scorreva e del vento tra gli alberi.

La donna mi chiese se volessi provare il bagno onsen, un'esperienza che non potevo lasciarmi sfuggire. Mi fornì un yukata, una versione più semplice del kimono, e mi accompagnò al piccolo onsen privato situato nel giardino.

L'acqua calda della sorgente naturale era contenuta in una vasca di legno di cipresso, circondata da pietre e alberi di bambù. La luce tenue delle lanterne e il vapore che si sollevava creavano un'atmosfera quasi magica. Immergendomi nell'acqua, sentii immediatamente i muscoli rilassarsi, e il peso del viaggio sembrò svanire.

Max, legato a una lunga corda vicino a me, mi osservava con la sua solita calma, mentre una brezza leggera faceva danzare le foglie sopra di noi. Chiusi gli occhi, lasciandomi cullare dal suono dell'acqua e dal profumo di pino. Era come se il tempo si fosse fermato, un momento di pura gratitudine per tutto ciò che avevo vissuto fino a quel punto.

Quando tornai in stanza, prima di addormentarmi sul futon, con Max accoccolato ai miei piedi, guardai la cartolina di Zofia che avevo posato accanto al cuscino. "Domani," dissi a bassa voce, come se lei potesse sentirmi. "Domani raggiungeremo il tuo tempio."

Chiusi gli occhi, ascoltando il lieve suono della cascata nel giardino.

Mi svegliai presto, con la luce soffusa del mattino che filtrava attraverso i pannelli di carta di riso della finestra. Il giardino interno, avvolto in una leggera foschia, sembrava ancora più incantevole alla luce del giorno. Il suono della cascata era più nitido, accompagnato dal canto discreto di qualche uccello nascosto tra i rami di bambù.

Max era già sveglio, seduto accanto alla porta come se sapesse che quella mattina ci aspettava qualcosa di importante. Mi stiracchiai sul futon, inspirando profondamente l'aria fresca che sembrava portare con sé una promessa. "Oggi è il giorno, Max," sussurrai accarezzandogli la testa. "Troveremo il tempio."

Prima di rimetterci in moto, la proprietaria del ryokan mi servì una colazione tradizionale: riso caldo, una ciotola di miso con tofu e alghe, pesce grigliato e un contorno di verdure in salamoia. Ogni sapore era equilibrato, semplice ma incredibilmente soddisfacente, e sembrava trasmettere l'energia di cui avevo bisogno per affrontare la giornata.

Mentre mangiavo, la donna si avvicinò con un sorriso gentile. "Il tempio che stai cercando è speciale," mi disse indicando la cartolina che avevo appoggiato sul tavolino basso. "Non molti viaggiatori lo visitano, ma chi lo trova spesso dice che sente qualcosa di profondo lì. È un luogo di riflessione."

Annuii, stringendo la cartolina a me. "Spero di sentirlo anch'io," dissi, quasi come una promessa a me stessa.

Partimmo poco dopo. Il van scivolava lungo le strade silenziose di Kyoto, mentre la città si svegliava lentamente. Man mano che lasciavo il centro, le strade diventavano sempre più strette e presto mi trovai immersa in paesaggi di campagna. Campi di tè verde si estendevano come morbidi tappeti sulle colline, interrotti solo da piccoli santuari e alberi di ciliegio solitari, spogli in quella stagione.

Seguendo la mappa e le indicazioni che avevo ricevuto al ryokan, raggiunsi un piccolo villaggio ai piedi delle montagne. Le case tradizionali erano costruite in legno scuro, con tetti spioventi che sembravano toccare il cielo grigio del mattino. Mi fermai per chiedere indicazioni a un uomo anziano che stava raccogliendo legna vicino alla sua casa.

"Il tempio?" ripeté, accarezzandosi il mento. "Ah, devi seguire il sentiero oltre quel ponte laggiù. Non è facile da trovare, ma vale la pena. C'è qualcosa di speciale lì. Qualcosa che non si può spiegare a parole."

Lo ringraziai con un inchino e proseguii, attraversando un piccolo ponte di legno che scricchiolava sotto i miei passi. Max mi seguiva con passo sicuro, e ogni tanto si fermava ad annusare l'aria, come se percepisse qualcosa di invisibile.

Il sentiero iniziava appena oltre il ponte, costeggiato da alti alberi di cedro che sembravano voler toccare il cielo. Il terreno era ricoperto da un morbido tappeto di muschio, e il suono di un ruscello vicino accompagnava ogni mio passo. L'aria era fresca, quasi pungente, e portava con sé un profumo di legno bagnato e terra.

Ad ogni curva, il sentiero si faceva più ripido, ma il paesaggio intorno a me compensava ogni sforzo. Il sole, ormai alto nel cielo, filtrava tra le fronde degli alberi, creando ombre che danzavano sul terreno. Non potevo fare a meno di sentire un senso di pace, come se quel luogo avesse il potere di calmare anche i pensieri più tormentati.

"Ce la facciamo, Max?" chiesi al cane, che mi guardò scodinzolando come a dire: "Sempre."

Continuammo a camminare, fino a quando finalmente lo vidi. Il tempio si ergeva in tutta la sua maestosità, un luogo che sembrava respirare saggezza e storia. Le pareti di legno scuro, levigate dal tempo e dalle intemperie, avevano un'aria vissuta che parlava di secoli di storie custodite. Il tetto curvo, con le tegole verdi e dorate che scintillavano alla luce del sole, si innalzava con eleganza verso il cielo, come se volesse connettere il terreno al divino.

Ai lati dell'ingresso, due lanterne di pietra scolpite con intricati motivi floreali sembravano custodire il passaggio. Piccole offerte di fiori freschi e monete brillavano ai loro piedi, segno che il tempio era ancora vivo, una meta per chi cercava pace, risposte o forse solo un momento di riflessione.

Intorno, un giardino zen circondava il tempio, un'opera d'arte di sabbia bianca e ciottoli accuratamente disposti. Le linee disegnate nella sabbia seguivano curve armoniose che sembravano invitare lo sguardo a perdersi, a seguire il loro percorso infinito. Qui e lì, grandi rocce grigie si ergevano come isole in mezzo a un mare calmo, simboli di forza e resilienza.

Una piccola fontana in pietra gorgogliava placidamente accanto al tempio, il suono dell'acqua che scorreva aggiungeva un tocco di serenità all'atmosfera già sacra del luogo. Gli alberi circostanti, un mix di aceri e cedri, creavano un baldacchino naturale, filtrando la luce del sole e proiettando ombre danzanti sul terreno.

Le scale di pietra che conducevano al tempio erano coperte da un sottile strato di muschio, segno del passare del tempo e della natura che avvolgeva tutto con il suo abbraccio. Salendole, si percepiva quasi una resistenza simbolica, come se il tempio richiedesse una vera intenzione per essere raggiunto.

Mi inginocchiai davanti all'ingresso, tirando fuori la cartolina dallo zaino. Le mie dita tremavano leggermente mentre la posavo accanto a una lanterna di pietra. "Zofia," sussurrai, "ce l'abbiamo fatta."

Mentre il sole si alzava sopra gli alberi, mi sentii leggera, come se avessi lasciato qualcosa lì al tempio, ma avessi anche portato via qualcosa di prezioso: una nuova consapevolezza, una forza che non sapevo di avere.

Guardai la cartolina, ormai consumata dal tempo e dal viaggio, con i suoi colori leggermente sbiaditi ma ancora pieni di significato. Cercai nella tasca del mio zaino una penna, sentendo il bisogno di aggiungere qualcosa di mio a quella cartolina, come se volessi lasciare un pezzo della mia anima in quel luogo. Sulla parte bianca, scrissi con mano tremante: *"Per Zofia. Per i sogni che ci spingono a continuare, anche quando la strada sembra infinita."*

Posai la cartolina accanto a una delle lanterne di pietra, sentendo una strana leggerezza mentre lo facevo. Era come se, lasciandola lì, stessi completando un ciclo, chiudendo un capitolo che non apparteneva solo a Zofia, ma anche a me.

Poi, un ricordo mi colpì con la stessa intensità di quel giorno in Cina. La pietra liscia che il vecchietto mi aveva dato, con il simbolo inciso che rappresentava la connessione tra passato e futuro, era ancora nella tasca laterale del mio zaino. Lui mi aveva detto: *"Questa pietra appartiene a un luogo speciale, ma il suo significato lo porterai ovunque andrai. È un augurio: che la tua strada ti conduca sempre a casa, ovunque essa sia."*

La presi tra le mani, sentendo la superficie fredda ma familiare, come se contenesse il peso delle storie che avevo vissuto e dei sogni che ancora inseguivo. La guardai per un lungo momento, poi la posai accanto alla cartolina.

"Ecco," dissi sottovoce, come se il vecchietto potesse sentirmi da quella distanza impossibile. "La lascio qui, in questo luogo che per Zofia è sempre stato casa, anche se non ci è mai arrivata. È un simbolo della strada percorsa e di quella che ancora mi aspetta."

Max mi osservava con i suoi occhi profondi e attenti, quasi a voler confermare che fosse la cosa giusta da fare. "E ora, Max," sussurrai accarezzandogli la testa, "siamo pronti. Abbiamo fatto tutto ciò che dovevamo fare."

Restai inginocchiata per un lungo momento, lasciando che il silenzio e la pace del luogo mi avvolgessero. Il giardino zen davanti al tempio sembrava immobile, perfetto nella sua semplicità, ma sapevo che ogni granello di sabbia raccontava una storia. Forse, la mia storia era ora parte di quelle linee armoniose.

Mi alzai lentamente, inspirando a fondo l'aria fresca e profumata di incenso e pino. Mi voltai un'ultima volta verso il tempio, osservando il tetto che brillava sotto il sole ormai alto.

Camminando lungo il sentiero che mi riportava al van, mi accorsi di sentirmi diversa. Era come se avessi lasciato qualcosa al tempio, qualcosa che mi pesava sul cuore da tempo. Max trottava accanto a me, ogni tanto fermandosi ad annusare i fiori che crescevano ai bordi del sentiero.

Raggiungemmo il van e guardai quel veicolo che mi aveva portata così lontano: il legno che avevo dipinto con le mie mani, i dettagli che raccontavano i miei giorni di lavoro e di speranza, e il suo interno che ormai era diventato la mia casa. Era un simbolo di tutto ciò che avevo costruito da sola.

Mi appoggiai al portellone, lasciando che i ricordi del viaggio mi attraversassero. Ogni passo, ogni errore, ogni incontro avevano lasciato un segno, ma c'era una riflessione che non avevo mai affrontato fino a quel momento. Non si trattava solo di cercare luoghi o sogni: si trattava di imparare a restare nel presente, a vivere ogni momento per quello che era, senza essere schiacciata dall'ansia del domani o dal peso del passato.

Max mi guardò, come se stesse aspettando un mio segnale, e mi scappò una risata. "Non so dove andremo ora, Max," gli dissi, la mia voce calma, senza fretta. "Ma non importa. Per la prima volta, non sento la necessità di sapere."

Mi sedetti al posto di guida e accesi il motore, che rispose con il solito borbottio familiare. Guardai il sole che stava per tramontare, e invece di preoccuparmi di ciò che sarebbe accaduto domani, scelsi di godermi quella luce calda che abbracciava tutto intorno a me.

Mentre guidavo verso la strada principale, vidi una figura solitaria sul ciglio della strada. Era una donna, anziana, con una grande borsa di vimini. Mi fermai accanto a lei, abbassando il finestrino. "Serve un passaggio?" chiesi, cercando di mascherare la mia curiosità.

Lei mi sorrise, e i suoi occhi erano pieni di una serenità che mi ricordò Zofia. "Forse sì," rispose. "Sto andando in una direzione che non conosco bene. Ma a volte è proprio questo il bello del viaggio, no?"

La sua risposta mi fece sorridere, e le aprii il portellone. "Sali. Il mio van va ovunque ci sia una strada, e a volte anche dove non c'è."

Mentre guidavo, il cielo sopra di noi si trasformava in un mare di stelle, e il ruggito silenzioso del motore era accompagnato dalla risata della donna che raccontava storie del suo passato. Non avevo idea di dove fossimo diretti, e non importava. Per la prima volta, non c'era un obiettivo finale, solo il viaggio.

Guardai Max, accovacciato accanto a lei, e sentii che il mio percorso era ancora tutto da scrivere. Forse la vita non era mai stata una linea retta verso un traguardo, ma un insieme di strade che si intrecciavano, portandoci esattamente dove dovevamo essere, un passo alla volta.

E mentre il van avanzava, sentii nel profondo che non era mai stata una questione di trovare qualcosa o qualcuno, ma di ritrovare me stessa. E ora, ogni curva della strada, ogni nuova alba, sarebbe un nuovo inizio.

Prima di continuare, mi fermai solo un attimo in una piccola area di sosta lungo il percorso, un luogo tranquillo con una panchina di legno che si affacciava su un fiume lento e scintillante sotto la luce delle stelle. "Ti dispiace se prendo un minuto?" chiesi alla dolce vecchietta accanto a me.

Lei annuii, come se avesse gia' capito che dovessi fare qualcosa d'importante.

Rovistai nello zaino e trovai una cartolina che avevo acquistato qualche giorno prima a Kyoto: un'immagine del tempio dove avevo lasciato la pietra e la cartolina per Zofia.

Mi sedetti sulla panchina, con una penna in mano, e fissai l'immagine per un lungo istante prima di iniziare a scrivere.

"Caro Tomasz,

Non so se riceverai mai questa cartolina, ma sento che devo scriverti. Sono qui, seduta accanto a un fiume, con Max che mi guarda come se sapesse che sto pensando a te.

Ho raggiunto Kyoto. Ho visto il tempio. È stato come chiudere un cerchio, non solo per Zofia, ma anche per me stessa. Non avrei mai immaginato che un sogno così lontano potesse intrecciarsi con il mio percorso in questo modo. Ogni passo che ho fatto, ogni incontro lungo il cammino, sembra avere un senso ora. Non perfetto, ma giusto. Come se il destino avesse cucito insieme i pezzi per farmi arrivare fin qui.

Ho pensato molto a quello che mi hai detto. Sul movimento, sulla libertà, su ciò che si lascia e su ciò che si trova. Sai, credo che tu avessi ragione: la libertà ha un prezzo. A volte, il prezzo è la solitudine. A volte, è la separazione da persone che diventano parte di te, ma che non puoi trattenere. E va bene così. Forse, la libertà vera è accettare il cambiamento, senza paura.

Max ed io stiamo bene. Ogni giorno scopro qualcosa di nuovo, non solo sul mondo, ma anche su di me. E so che, in un modo o nell'altro, anche tu stai facendo lo stesso. So che Zofia sarebbe orgogliosa di te, di come hai scelto di restare e trovare te stesso, anche quando sarebbe stato più facile andartene.

Non so dove mi porterà la strada, ma ovunque vada, una parte di me sarà sempre legata a quel cottage, a te, a Zofia e a tutto ciò che quel luogo mi ha insegnato. Non importa quanto lontano vada: so che lì ci sarà sempre una casa. E questo pensiero mi dà forza.

Un giorno, quando sarò pronta e avrò trovato ciò che sto cercando – qualunque cosa sia – prometto che tornerò. Per ora, continuo a camminare, perché è l'unico modo che conosco per andare avanti.

Con affetto,
Carolina, una filosofa vagabonda tra le strade del cuore".

Posai la cartolina su Max per un momento, accarezzandogli la testa. "Pensi che troverà mai questa cartolina, Max?" gli chiesi, sorridendo al mio stesso pensiero. Lui mi guardò con i suoi occhi fedeli e si leccò il naso, come se stesse dicendo: "Non importa, l'importante è che tu l'abbia scritta."

Mi alzai, lasciando la panchina e risalendo sul van. Guardai il cielo sopra di me, le stelle che sembravano infinite, e sentii un senso di pace che non avevo mai conosciuto prima. La strada era lì, davanti a me, come sempre. Non sapevo dove mi avrebbe portata, ma per la prima volta, non avevo bisogno di saperlo.

Inserii la cartolina nella piccola cassetta postale accanto all'area di sosta. "Chissà," dissi a bassa voce. "Forse arriverà. O forse no. Ma va bene così."

Max si sistemò sul sedile accanto a me e alla mia nuova compagna di viaggio, e con un ultimo sguardo al fiume, accesi il motore. La notte era tranquilla, e il mondo sembrava pieno di promesse. La strada continuava, e io ero pronta a seguirla, ovunque mi portasse.

Il viaggio non era finito. Forse, non sarebbe mai finito. E questo andava bene.

Note dell'Autore

Quando ho iniziato a scrivere questa storia, non avevo idea di quanto sarebbe stata vicina al mio cuore. Carolina, la protagonista, non è solo un personaggio immaginario: è una parte di me. Lei rappresenta tutte le domande che mi sono posta, tutte le paure che ho affrontato, e tutti i sogni che, in qualche modo, non ho ancora trovato il coraggio di inseguire.

La sua vita, intrappolata in una routine che non le appartiene, è stata ispirata da molti momenti della mia. Ci sono state giornate in cui mi sono sentita soffocare, svegliandomi con la sensazione che il tempo mi scivolasse tra le dita, senza lasciare tracce di qualcosa di significativo. Eppure, come Carolina, anche io ho sempre avuto quella piccola voce dentro che mi sussurrava: "Non può essere tutto qui. C'è di più, da qualche parte."

Il viaggio di Carolina è un riflesso di quello che avrei voluto intraprendere. La decisione di lasciare tutto, acquistare un van e partire per una destinazione lontana, apparentemente irraggiungibile, è qualcosa che non ho mai avuto il coraggio di fare. Eppure, scrivere di lei è stato come vivere quel sogno attraverso di lei, come se ogni pagina mi avvicinasse un po' di più a quella libertà.

Forse non ho mai intrapreso il viaggio di Carolina perché ho avuto paura. Paura di fallire, paura di trovarmi da sola, paura di scoprire che i miei sogni non erano abbastanza grandi da sostenere tutto il mio cuore. Ma scrivere questo libro mi ha insegnato qualcosa di importante: non importa quanto sia grande o piccolo il passo che facciamo, ciò che conta è avere il coraggio di farlo.

Ho incontrato molte persone, nella mia vita, che mi hanno ispirata con i loro racconti. Persone che hanno lasciato lavori stabili, che hanno sfidato le aspettative della società, che hanno costruito vite basate sui loro valori, non su quelli imposti da altri. Carolina è un mix di tutte queste storie, intrecciate con la mia. E credo che sia questo che rende questa storia così reale.

Non so se un giorno partirò davvero per quel viaggio in van, se raggiungerò Kyoto o se incontrerò qualcuno come Tomasz lungo la strada. Ma so che la vita è piena di possibilità e che, in fondo, non è mai troppo tardi per iniziare a vivere il proprio sogno. Carolina mi ha insegnato che, anche se il percorso è incerto, ciò che conta è muoversi, anche solo di un passo.

Voglio dedicare questo libro a tutti quelli che, come me, sentono di non appartenere al luogo in cui si trovano. A chi ha paura, a chi si sente perso, a chi sogna di scoprire chi è veramente. Questo libro non è una guida, né una soluzione, ma un invito. Un invito a credere che il cambiamento è possibile, che la strada giusta è quella che ci chiama, anche se non sappiamo dove ci porterà.

Infine, voglio ringraziare te, lettore. Perché, attraverso queste pagine, hai scelto di condividere il viaggio di Carolina, e in qualche modo, anche il mio. Spero che, leggendo questa storia, tu possa trovare il coraggio di ascoltare quella voce interiore che ti spinge a cercare qualcosa di più. E ricorda: non importa quanto lontano sia il traguardo, ciò che conta è iniziare a camminare.

Con affetto,
Una quasi vagabonda alla ricerca delle strade del cuore.

Printed in Great Britain
by Amazon

55939632R00121